少年与爱永不老去

《诗经》里的古老告白

夏葳——

著

江苏凤凰文艺出版社
JIANGSU PHOENIX LITERATURE AND
ART PUBLISHING

序

生命，青春与美好

如 山

关关雎鸠，在河之洲，窈窕淑女，君子好逑。

多么美好的诗句，多么美好的情怀。这便是《诗经》，它是不老的风月，是生命，是爱情，更是青春的涌动。

不是吗？青春是长发及腰，是眉角飞舞，是心甘情愿，是不顾一切；是力比多，是荷尔蒙，爱也爱得，恨也恨得；是会唱歌的花朵，是能吟诵的绿色，是爱情，是进取，是风，是火。这美好的青春啊，我愿意一次又一次跌落在你狂乱的脚下，痴情而盲目，激扬而粗放，那是我作为生命而运到的自然层面的高度。在人间而不着人间烟火，是肉体而有着高高在上的清灵。因为理想，因为欲望，因为梦。

奈何人生易老，青春易逝。

有没有一种爱情，可以穿越历史的长河；有没有一颗心灵，可以冲破岁月的尘封。老去的是时间，不老的是决绝；走过的是人事，走不去的是情意。《诗经》便是，一首情歌几千年唱着，如今依然深情唱着。

读《诗经》，你可以读得花团锦簇，也可以读得淳朴如初。在夏葳的笔下，你无须隔着历史的堤岸，而触摸古老大地一颗鲜活的心怎样忘我地跳动。你可以挥舞着时间的羽扇，而倾听今天一个女子缜密的心事怎样安静地书写。

擅于书写人物、提炼生活的夏葳，以人入诗，以己入诗。既有古今亘常不变的人情，更有自己爱恨斐然的热情。

她写爱情，是如花的美眷，是关雎，是汉广，是月出，是静女，要痴痴地爱，要静静地想，要眼中的唯一，要口中的述说。

她写君子，是如玉的情郎，是子衿，是伯兮，是木瓜，是风雨，要两情相悦，要眉尖心上。恨得深，而爱得切。

她写幸福，是如梦的佳期，是桃夭，是褰裳，是野有蔓草，是君子于役，要热热地求，要慢慢地等，是田园牧歌的安静，是自然猛烈的绽放。

她写人世，她写烟火，她写悲欢，她写流年。

《诗经》是一场人世，现实是另一场人世，作者有作者的人世，读者亦有读者的人世。看得破还需立得起，有赴汤蹈火的决绝，更要有事来不倾的淡定。人生不过日常，福兮祸兮，如何保持一份欣喜，不卑不亢，不迎不将。我在这里写字，不过书写一时心情，我反复沉吟于美好，这苦闷的时光亦可氤出一阵光亮，原本我的心啊，是快乐的。如此，多好的玩味。生活无限，人生维艰，想开了，不过眼角一抹笑意。

那悲欢呢？抑或流年？

甚至，我想象中的大痛快也是不存在的，它的表面一如既往地平实、安静，内里又涌动着难以预料的险恶和灾难。庸常和无奈吞噬你的安定，无力和困顿放大你的绝望，这沉静的大地，徒然有美的山好的水，何时有一段怡然自得的人事？

你可以退避三舍，你可以视而不见，可是你不心甘。于是生出万千烦恼，你在自己的城里为王，做成一个大写的人，活出点人样。也许自尊心过于强烈，也许不甘于世态炎凉，你走出人群，到山间沐浴一缕晨风，在水上掬捧一掌余晖。

我想说世间所有的路都通向山顶，事实上是通向灭亡，然而灭亡来临之前，你要向着山顶跋涉。

　　我反复提醒自己保持内心欣喜，悲伤的是，处境时时折磨人的心情。好的境遇诚然人之幸，而坏的难免惹人神伤，何况这种不幸经常不期而遇，如何再次保持内心的欣喜，是内心的坚定，也是外在的修行。惠风和畅爽快一阵也就吹过了，而脚下的寒冰让人学会小心行走。

　　做一个单纯而幸福的人。

　　有幸遇到夏葳，遇到《诗经》。

　　生命中还有多少美好的事物，令我们如痴如醉，忘乎所以。

　　正是因为那些美好事物，我们的人生才散发出熠熠光辉，生命才不至于孤独寂寞；我们的内心是充实的，是美好的；我们心甘情愿为时间放逐，时间飞逝，喜悦常在。

　　生命中那些暂时的磨难和不快从而变得不值一提，因为太阳是美的，天空是美的，自由的呼吸是美的，人是美的，诗是美的，如诗的爱情更是美的。生命越是挣脱物质和外界的束缚，就越是自在。要珍惜啊，哪怕吹到脸上的只是一缕清风。

爱一人，爱一物，且持之以恒。不希望什么，不达到什么，只是爱着，相伴着。超越功利，挣脱物欲束缚，而抵于精神层面上更高的维度。哪怕只是一句短诗，或者一册书页，便是以诗为爱，《诗经》相伴。

生命所至，心情使然。《周易》讲日昃之离，扣缶而歌，便是说当下人生。

诚然，现实的周遭，很多人都在等待，你我在等待什么，等待另一种生活？总有意料之外的结果不期而至，生活永远不是我们想象的样子，然而我们可以把它想成最美好的形象，即便说不出期待什么，这期待也必定是美丽的。我们的内心和现实会隔着一段距离，这段距离被称作浪漫或者诗意，只是不同的人相隔的距离大小不一而已。或者也可以这样论述，现实美好内心与之多重合，现实糟糕内心与之多疏离，这大概就是古人所说的忘物和忘我吧。

显然，《诗经》属此，是物我两忘的境界，必将是美好的境界。

卫风·伯兮　为谁装扮为谁容　088

邶风·匏有苦叶　我明白你会来，所以我等　096

召南·摽有梅　一颗多情的梅子　102

小雅·菁菁者莪　兰生幽谷，扬扬其香　108

卫风·木瓜　没有比两情相悦更好的了　114

齐风·猗嗟　春秋时代的「男神」　120

卫风·考槃　一切自有最好安排　128

卷三　佳期如梦，幸福像桃花盛开

周南·桃夭　幸福的桃花朵朵开　136

陈风·东门之杨　一株等待的白杨树　142

召南·野有死麕　最野艳的爱情　146

郑风·褰裳　辣妹子爱得热辣辣　152

郑风·女曰鸡鸣　且以深情共白头　158

郑风·野有蔓草　最是一低头的温柔　166

目录 CONTENTS

卷一 美眷如花，春风十里不如你

周南·关雎　心中有爱，大声唱出来　002

周南·汉广　爱情是一场霍乱　008

秦风·蒹葭　要爱多久，不再爱你　016

郑风·出其东门　美女如云，只想有你　024

陈风·月出　若无佳丽，花月皆虚设　032

邶风·静女　等你，花儿都落了　042

鄘风·桑中　想把我唱给你听　050

陈风·宛丘　有一种爱叫一见钟情　056

卫风·硕人　最美丽的新嫁娘　064

卷二 君子如玉，没有比两情相悦更好了

周南·卷耳　相思相见知何日　072

郑风·子衿　思郎恨郎郎不知　080

卷五　浮世人生，道不尽离合悲欢

小雅·四牡　唯有亲情温暖　246

小雅·常棣　谁人能比手足亲　252

曹风·蜉蝣　生命几何时　260

邶风·燕燕　燕燕归去双泪垂　268

邶风·绿衣　你去时一切是你　272

豳风·东山　日暮乡关何处　278

鄘风·载驰　战争没让女人走开　286

小雅·采薇　我的哀痛无人懂　292

邶风·击鼓　执子之手，与子偕老　300

王风·君子于役　你到底在何方　172

王风·大车　问世间情为何物　178

郑风·风雨　爱可以这样深情　182

卷四　烟火人家，远古的似水流年

邶风·谷风　山盟海誓皆成空　190

召南·鹊巢　谁人记得当初那些温柔　198

卫风·氓　物是人非事事休　202

邶风·终风　爱是含笑饮酒且易醉　210

召南·行露　不畏强权要抗婚　214

召南·小星　默默无闻的工薪族　220

召南·江有汜　林花谢了春红　224

王风·黍离　知我者谓我心忧　232

豳风·七月　一支温情的田园牧歌　238

卷一

美眷如花，春风十里不如你

周南 · 关雎　　心中有爱，大声唱出来

关关雎鸠，在河之洲。窈窕淑女，君子好逑。

参差荇菜，左右流之。窈窕淑女，寤寐求之。

求之不得，寤寐思服。悠哉悠哉，辗转反侧。

参差荇菜，左右采之。窈窕淑女，琴瑟友之。

参差荇菜，左右芼之。窈窕淑女，钟鼓乐之。

○今译：

关关和鸣的雎鸠，双双栖息河洲上。

美丽贤淑的姑娘，是我倾心好伴偶。

长长短短的荇菜，顺着水流左右采。

美丽贤淑的姑娘，醒来睡去想念她。

追求姑娘难如愿，一天到晚心牵念。

相思情深夜漫长，翻来覆去不成眠。

长长短短的荇菜，左边右边忙采摘。

美丽贤淑的姑娘，奏琴鼓瑟亲近她。

长长短短的荇菜，左左右右采摘忙。

美丽贤淑的姑娘，敲钟击鼓取悦她。

一

"关关雎鸠，在河之洲。窈窕淑女，君子好逑。"这是《诗经》留给后世的第一句爱情宣言，中国诗歌史也即在这一声天趣盎然的关雎和鸣中掀起大红的盖头来。《诗经原始》中方玉润赞曰："取冠《三百》，真绝唱也。"

《关雎》作为《风》之始，《诗三百》开篇之首，自有它的深意。无疑，"爱情是生命的皇冠"是最有力度的说辞。

自古到今，对爱情的咏唱一直是文学永恒的主题。世界上什么东西都可以在某一刻垂垂老去，唯有爱情永远年轻。当有一天她可能被我们放逐和遗忘的时候，那些爱的放歌、情的绝唱又将爱的蓓蕾照亮。她们是恋恋红尘中最明媚最鲜艳的花朵。

这样来说，那些关于《关雎》的所谓歌颂后妃之德，或者讥讽康王晏起等隶属于专家学者研究的话题，就让它们继续风往北吹，可以暂且忽略不计。

和《汉广》一样，《关雎》表现的也是求之不得的恋歌。不同的是，《汉广》系山野樵夫气象，平和写实。《关雎》状青春热血之躯，热烈直白。《汉广》着重于思，八方索"思"，让一颗心七零八落，相思成灾。而《关雎》偏重于"求"。追求、渴求、求偶、求爱，上穷碧落下黄泉，铿然有声。不过，都是美的，憨直可爱，贴心润肺。

关关，水鸟雎鸠的叫声。雎鸠，是一种捕鱼的水鸟，又叫鱼鹰。提及它，必然联想到捕鱼，求鱼。据考证，鱼一直在《诗经》里演绎一个非常典型的意象。"鱼是匹偶的隐语，打鱼、钓鱼等行为是求偶的隐语",根据闻一多先生《神话与诗·说鱼》里的说法,我斗胆这样来推断一下,关雎求鱼,喻示着"君子"追求"淑女",渴望娶之为妻。

鸟鸣,绿洲,碧波,参差荇菜,春和景明。翩翩少年与怀春少女,就这样在一幅唯美的山水画里一见钟情。

"关关雎鸠,在河之洲。窈窕淑女,君子好逑。"首章第一句没有一点弯弯绕,清明健朗,直奔佳人。显然,"逑"不同于"求",它是"伴侣""配偶"的意思,是在河之洲的窈窕淑女,是"求"之对象,"求"之因和"求"之果,是君子心中美丽善良的妙龄佳偶。

我颠覆了整个世界,只为摆正你的倒影。感情的到来,是你拒绝不了的命运。加缪说:爱,就是使被爱者枯萎。

少年"寤寐求之"地求,"辗转反侧"地求;"琴瑟友之"来求,"钟鼓乐之"来求。从一见钟情,到深切思慕;从求女若渴,辗转反侧,到盼望这个美丽窈窕的女子,在美妙的琴弦、钟鼓声中,成为自己美丽的新娘。一颗年轻火热的心扉啊,燃烧成一块灼灼的炭,等待为心爱的姑娘"蜡烛成灰"。

这世间,总有一人,蓦然回首,于时间深隙,和你撞见。

当心中有爱,就要痛快地大声唱出来。

二

爱情方面的文化启蒙,是《诗经》的精髓所在,这首《关雎》,

纯真、热烈、鲜明地体现了周时代人民的情感生活，其可贵的人性之美，洗尽铅华、不饰雕琢的田野气息，真正深入到人的灵魂深处。

两千多年以后的我们，含英咀华，这些抒发爱意和歌颂纯真爱情的诗篇，仍然带给我们最深的柔软和感动。

在物欲横流、爱情沙化的现代都市里，这样的情感记忆，弥足珍贵。

《论语》中多次提到《诗》，作出具体评价的作品，却只有《关雎》一篇，谓之"乐而不淫，哀而不伤"。"乐而不淫，哀而不伤"是这首《关雎》的又一特色。

情至深处，不是伤人就是伤己。因此，为一份初爱心窍迷乱，百般思量，甚至痛哭流涕都再正常不过。不是有这样的说法吗——"最容易成功的不是疯子就是傻子"，爱也一样，执着求索的过程里充满了不足为外人道也的苦难和心酸。

> 彤霞久绝飞琼字，人在谁边。人在谁边，今夜玉清眠不眠。
> 香销被冷残灯灭，静数秋天。静数秋天，又误心期到下弦。

纳兰性德的这首《采桑子》也是这样的例子。不过，从写法上来说，《关雎》哀而不伤，纳兰性德的这首《采桑子》稍显秋意深沉些。而在情感表达方面，两篇胸臆相通。

千年以前，翩翩少年为窈窕淑女辗转反侧，寤寐思服。千年以后，纳兰性德为心爱的女子，香销被冷，静数秋天。

人生若是等不来与爱侣团圆的日子，他们一天一天便在这种缺损之中苦闷地度过。情在不能醒，人在其中，心不由己。

还有一个关于深爱的故事不能不说：佛陀弟子阿难出家前，在道上见一少女，从此爱慕难舍。佛祖问他：你有多喜欢那少女？阿难回答：我愿化身石桥，受那五百年风吹，五百年日晒，五百年雨打，但求此少女从桥上走过。

多虔诚的心思，多动人的壮举。有一天，也许你不再贪恋爱情的味道，但是不能不为爱的情感而动容。

乾隆十三年（公元1748年），乾隆帝的原配发妻富察氏，在陪伴皇帝东巡的途中不幸离世。富察氏生前姿容窈窕，性格恭俭，乾隆对这位贤良淑德的皇后"每加敬服，钟爱异常"。富察氏去世后，乾隆帝悲伤不已。为了表达深切怀念之情，在亡妻离世百日这天，含泪和墨，亲笔书写《述悲赋》，以沉痛的笔触，款款记述富察氏生前的懿德嘉行，寄托对皇后深沉的思恋与爱意：

易何以首乾坤？诗何以首关雎？惟人伦之伊始，固天俪之与齐。念懿后之作配，廿二年而于斯。痛一旦之永诀，隔阴阳而莫知……

惊时序之代谢兮，届十旬而迅如。睹新昌而增悯兮，陈旧物而忆初。亦有时而暂弭兮，旋触绪而欷歔。信人生之如梦兮，了万世之皆虚。呜呼！悲莫悲兮生别离，失内位兮孰予随？入淑房兮阒寂，披凤幄兮空垂。春风秋月兮尽于此已，夏日冬夜兮知复何时？

——《述悲赋》

他讲：为什么《易经》开端讲《乾坤》？为什么《诗经》第一

篇吟咏《关雎》？这是因为男为阳，女为阴，夫妻是一切人伦的开始。

富察氏是自己最深爱的妻子，她德冠后宫，母仪天下，先圣明白这个道理，且把《关雎》冠名《诗经》之首篇。

乾隆帝与皇后富察氏婚配二十二年，两个人相敬如宾，恩爱不移。可是一夜之间，他却与她阴阳暌隔，再也无法得知她的消息，无力填充横亘在心底的深谷般的伤痛。

长春宫内，宫殿寂寥，帷帐空垂，风过帘栊，伊人不再。望着富察皇后留下的遗物，他神游物外，灵魂仿若被抽空一般，无所依存。原来，生生死死不过浮华一场罢了，失去此生所爱，六宫粉黛无颜色，谁能陪他走完此后漫漫的孤独岁月？

这篇赋文，感人肺腑，字字珠玑，如此情深义重的笔调，出自一个封建帝王的笔下，实属不易。

而能做"后宫佳丽三千人"的乾隆皇帝一生的"日月光"，让"十全老人"心心念念几十年，富察氏地下有知，应该倍感宽慰了。

人性本真的温柔和悸动，贵比金石。

其实，九五之尊的帝王也好，凡夫俗子也罢，短短一生，若有一人，一见倾心地相遇，两心不疑地相知，三番四复地相求，六神无主地相爱。如是，即便余岁八方风雨，亦九死不悔，算得上心意圆满。

周南·汉广　　爱情是一场霍乱

南有乔木，不可休思；汉有游女，不可求思。

汉之广矣，不可泳思；江之永矣，不可方思。

翘翘错薪，言刈其楚；之子于归，言秣其马。
qiáo　　　　　　　　　　　　　　　　　　　mò

汉之广矣，不可泳思；江之永矣，不可方思。

翘翘错薪，言刈其蒌；之子于归，言秣其驹。

汉之广矣，不可泳思；江之永矣，不可方思。

○今译：

　　南有大树枝叶高，树下行人休憩少。汉江有个漫游女，想要追求只徒劳。

　　浩浩汉江多宽广，不能泅渡空惆怅。滚滚汉江多漫长，不能摆渡空忧伤。

　　杂树丛生长得高，砍柴就要砍荆条。那个女子如嫁我，快将辕马喂个饱。

　　浩浩汉江多宽广，不能泅渡空惆怅。滚滚汉江多漫长，不能摆渡空忧伤。

杂草丛生乱纵横，割下萎蒿作柴薪。那个女子如嫁我，快饲马驹驾车迎。

浩浩汉江多宽广，不能泅渡空惆怅。滚滚汉江多漫长，不能摆渡空忧伤。

一

"爱情应该是一场霍乱，很多人因此死去，很多人为此受伤，还有很多人，携带着病毒疯疯傻傻地苟延残喘，却永远无法治愈。"

每读到这一句时，都会为马尔克斯鞭辟入里的领悟所折服。

《霍乱时期的爱情》是马尔克斯继《百年孤独》后的另一部优秀小说，讲述了一段"绵延半个世纪之久的魔幻之爱"。

十八岁少年阿里萨，对十三岁的少女费尔米娜一见钟情。于是，为着这一份迷恋，他处心积虑地创造和费尔米娜偶遇的机会。

时常，他不动声色坐在花园角落里的一张长椅上，手里捧着一本诗集假装阅读，期待能看见心爱的姑娘；

或者，他假装漫不经心地徘徊在街道小巷，以及她可能出现的虚幻之地，凭着猜想，四处捕捉她的踪迹；

夜幕降临之时，他深情地拉着小提琴，让饱含爱慕的眼神，时时刻刻追随着费尔米娜的芳影。

只要一刻见不到她，他内心的渴望便一刻不能停歇。意乱情迷之际，他情思奔涌，为心目中的"花冠女神"写下满纸满页的情诗。

在焦急地等待回信的日子里，他寡言少语、茶饭不思、辗转反侧、夜夜难眠，甚至闹腹泻、口吐绿水、晕头转向、不时昏厥、六神无主、惶惶不可终日。母亲误以为他患上了霍乱病毒，担心得要命。

阿里萨却无视这些，他爱得狂热，卑微，无比恐惧。当他终于拿到费尔米娜的一封再简单不过的回信时，兴奋得不知所以，恨不能"在信的每一行里把自己燃烧殆尽"。

爱情像霍乱病毒一样，让人生不如死，欲罢不能。霍乱是可怕的，爱情是可贵的。唯一像水泥一样把相爱的两个黏合在一起的，正是爱情这种既不可能、又反复无常的东西。

自古至今，世界在变，习惯在变，风尚在变，唯一不变的，是人们对爱的不竭不止、充满魔性和神性的追求。

人世间，总有一些遇见，一些情感，让人无可逃避，欲罢不能。

曾经，她开在暮春，他盛于夏初。可是，擦肩的那一瞬，他爱上她，此情不渝。

千年之前，《周南·汉广》里这位青年男子，遭遇了同样的煎熬。钟情于美丽伊人的他，始终难遂心愿，寝食难安，只好面对浩荡的江水，一吐心结。

二

　　和《诗经》中很多作品一样，《汉广》的题旨也曾百家争鸣，在这里我不再一一赘述。诗是心底飞出的语言，若太费周折，将太专业化的东西掺杂在里面，横竖怎么打理都不是珠圆玉润的样子。诗歌如果少了一份圆润，又怎能深入人心，千百年间于市井街头传唱不衰？

　　所以我比较认同陈启源《毛诗稽古编》里"可见而不可求"这个说法，《汉广》是一首表达"男女相悦，求而不得"的情诗。

　　无疑，这是一场烟花般烂漫的暗恋情怀。恋恋红尘，情路多舛，多情不止樵夫一个。深蓝的天幕上，每一颗闪烁的星星背后，都可能有一个深情隽永的故事。

　　暗恋之所以隽永，就因为暗恋的爱情永远停留在美好的守候里。只不过，暗恋的情极甜，暗恋的心很苦。暗恋这场忧伤的盛宴，注定充满希望，但又不无失望。

　　沦陷于此的痴男怨女，以泪洗面，以歌伤怀，借酒浇愁，欲说还休，咬碎牙齿肚里咽，头撞南墙不回头，来者熙熙去者攘攘。前仆后继，无悔无怨。

　　更难得的是，桩桩件件都让人唏嘘，令人同情。大概，它源于对爱的那份信仰，单纯的和投入的爱，不经意间，就触碰了人心最初的柔软，唤醒一个人最初的情感记忆。

　　那时候，我们不懂爱情，但绝对真情。

　　较之汪静之"我冒犯了人们的指摘，一步一回头地瞟我意中人，我怎样欣慰和胆寒呢"的率真和清新，《汉广》略显平

和写实，而青年男子特别专注的爱的神情，于平和写实中呼之
欲出：

南有乔木，不可休思；汉有游女，不可求思。

汉之广矣，不可泳思；江之永矣，不可方思。

"不可休思""不可求思""不可泳思""不可方思"，
四个"不可"布下四面悬崖，无望到"千山鸟飞绝"的境地。
他不能在南方"乔木"下休息，不能迎娶游女为妻，不能游
过宽广绵延的汉江，更没有渡船的舟楫。这是这位男子苦思
冥想的结果，也是铁铮铮的事实。但是，残酷的现实抵挡不
住他信念的坚持。矢志不渝的男主人公在此绝境里没有绝望，
更没有却步，勇敢而倔强地，让自己站成汉水江岸的一棵瞭
望树。

他在江边徘徊着、踌躇着，怅望着远方江面上迷茫的烟波，
想望着在水一方的伊人。在虚无缥缈的樵唱及潺潺的流水声中，
我们似乎清楚地听到他对爱情的渴望与呼唤，清晰地感觉到他
双眼的迫切和焦躁。

他不知道下一秒会发生什么，却满心期待。爱她，是他最后
的沸点，他愿为之耗掉全部热情。即便不能站在伊人身边和她寒
暄几句，聊表相思之情，就是看一眼她美丽的背影，那一刻的欣
喜若狂，也足以让他孤独地吞下所有的心酸悲凉，乐此不疲。

没有人能够事先了解自己，到底有多少可以挖掘的爱的潜
能。唯一能做的事是，遵从本能，用自己愿意的极度自由的方式，

全力以赴，鼓足爱的勇气：

> 终于做了这个决定，别人怎么说我不理，只要你也一样的肯
> 定。我愿意天涯海角都随你去，我知道一切不容易。我的心一直
> 温习说服自己……只要你一个眼神肯定，我的爱就有意义……

浪漫情怀，从来古今相通。爱，于此处失落，却在彼处铸
成另一种永恒。

三

　　《周南·汉广》延续《诗经》的风格，以四言句为主，运
用大量的重章叠句。四言句的干净利落，使整首诗读起来朗朗
上口，简洁明快，很有音韵感。而"汉之广矣，不可泳思；江
之永矣，不可方思"，重叠三唱，反复吟诵，渐次深入，使得
内容和情趣得以层层渲染，深刻地表现了青年男子对游女只可
远观不可亵玩焉的灼热的爱慕之心。

　　诗句中的"乔木""游女""江""汉"等，均为比兴之词，
"乔木"比兴爱情之理想，"游女"比兴爱情之目标，"江""汉"
比兴爱情之道路。诗中的"错薪""刈薪""刈蒌""秣马"等，
都是与古代婚礼嫁娶有关之物。所以，"之子于归，言秣其马""之
子于归，言秣其驹"，是描绘这位男子幻想游女嫁给自己的情景。

　　我的爱情，绝不是一时的情绪，而是一世的认真和郑重其事。

假如你要嫁给我，我给你砍柴喂马，低到尘埃里，洗手做羹汤。

如果不能爱你，那些失去月光的夜晚，该用怎样的声音去抚慰？

这爱，爱得疯狂，爱得伤感。

可惜，白天不懂夜的黑。关于爱情，不是所有的付出都能结果，最后的结局是，幻想全部破灭，依旧"汉之广矣，不可泳思。江之永矣，不可方思"——长歌当哭，这一句真切地嘶喊出青年樵夫的悲切心声。

本诗三章尾段反复咏叹，表达主人公无可奈何的心境，诚可谓一唱而三叹，悦之至，敬之深。与《关雎》中"窈窕淑女，君子好逑"相比，"之子于归，言秣其马"更能看出男主人公感情的真挚与素朴。

或许，打动人心的不仅仅是男子的痴情，还有沉溺在每个人心中的那份求而不得的苦。

最是痴情磨人苦。为一个人，爱而不得，忘而不舍，苦苦地煎熬，匆匆无语地胶着。

"不曾苦苦暗恋过的人，不会理解暗恋的苍凉。"关于暗恋这些事，其实从来没人能够忘记，它一直默默地躲在你我的身后，随便一拎，就会飞出满满天空的悲凉记忆。

"世界上最遥远的距离，不是生与死的距离，而是我就站在你面前，你却不知道我爱你；世界上最遥远的距离，不是我就站在你面前，你却不知道我爱你，而是爱到痴迷，却不能说我爱你……"

这段流传很广的经典爱情诗句，之所以深入人心，也是因为契合了不得之苦，读得人长吁短叹，泪流满面。

暗恋真的好难，必须承受黑夜的寂寥和孤独，拿出比春天花开更坚定更无畏的勇气和耐心来，将爱情进行到底。

没有人能在爱里不受伤，但这并不妨碍我们对爱的热切向往。

即便这爱镜花水月一场空，我们亦渴望在痛苦仰望的时候，去充分享受那个勇往直前的过程。

费尔米娜因父亲的强烈反对，加之久别重逢后，对阿里萨印象的失望，她和阿里萨决绝分手，嫁为人妻。

备受打击的阿里萨，此后成为一个对爱情如饥似渴却又极其悭吝的人，一个从不付出，又想得到一切的人，一个不容任何人在他心里留下印记的人。他与很多女人有韬露之情，却在心底为初恋守名如玉，和谁都不曾公开自己的真实身份。他依然深深爱着费尔米娜，希望能再次和她相爱相恋。

多年以后，年逾古稀的阿里萨终于等到了费尔米娜的丈夫去世，等来再次表白爱的这一天："费尔米纳，我等待这个机会，已经有五十一年九个月零四天了，在这段时间里，我一直爱着你，从我第一眼见到你，直到现在，我第一次向尔表达我的誓言，我永远爱你，忠贞不渝。"

这段跨越半个多世纪的爱情，在男主人公不懈的坚持下，修成正果。

苍天有眼！由不得心生祈望，但愿这也是《周南·汉广》里两个主人公的结局。

秦风·蒹葭　　要爱多久，不再爱你

蒹葭苍苍，白露为霜。所谓伊人，在水一方。

溯洄从之，道阻且长。溯游从之，宛在水中央。

蒹葭凄凄，白露未晞。所谓伊人，在水之湄。

溯洄从之，道阻且跻。溯游从之，宛在水中坻。

蒹葭采采，白露未已。所谓伊人，在水之涘。

溯洄从之，道阻且右。溯游从之，宛在水中沚。

○今译：

　　河上芦苇青苍苍，深秋露水结成霜。我所爱的那个人，就在河水另一方。逆着流水找她去，道险路阻且漫长。顺着流水找她去，宛然就在水中央。

　　河边芦苇长又密，早晨露水尚未干。我喜欢的那个人，就在河岸那一方。逆着流水找她去，道险路阻且陡峭。顺着流水找她去，宛然就在水中滩。

　　河边芦苇密又高，早晨露水尚未收。我所爱的那个人，就在河岸另一头。逆着流水找她去，道险路阻且弯曲。顺着流水找她去，宛然就在水中洲。

一

最早接触《秦风·蒹葭》，是在琼瑶《在水一方》这部小说里：

绿草苍苍，白雾茫茫。

有位佳人，在水一方。

我愿逆流而上，依偎在她身旁。

无奈前有险滩，道路又远又长。

我愿顺流而下，找寻她的方向。

却见依稀仿佛，她在水的中央。

正是爱上层楼的年纪，只一眼，少年的心旌便被诗里柔曼的清愁所俘获，春水漭漭，月上浅花。

那时候，琼瑶的作品正在大陆热销，获得大、中学生的青睐。花季少女们尤其钟爱这些深情柔美的小诗词，她们在本子上工工整整地抄下来，在无人的黄昏或者夜晚，小心翼翼地拿出来反复翻看。彼时，悄悄浮上脑际的，是那番青春小女子甜蜜而惆怅的心思和寄托，如深巷的迟桂花一般，回味悠长。

后来，才知道这首小诗改编自远古时代的《诗经》。找原诗来读，不可救药地沉迷。

《蒹葭》是《诗经》中极负盛名的一首爱情诗，受到历朝历代人的喜欢。明代诗人戴君恩评《蒹葭》："宛转数言，烟波万里。《秋兴赋》《山鬼》伎俩耳。"如此厚此薄彼，足见其对《蒹葭》的厚爱。

清代牛运震对《蒹葭》推崇备至："《国风》中第一篇飘渺文字……纯是情，不是景；纯是窈远，不是悲壮。感慨情深，在悲秋怀人之外，可思不可言。"

确实如大家所言，《蒹葭》之妙，妙在它的空灵幽渺。在诗中，蒹葭、白露、秋水、霜雾，这一组凄清的意象，宛如为此诗布下一抹怆然的底色。念念此诗，不独意会，且觉心伤，颇有身世之感，这正是《蒹葭》让人动情之处。

思念无不是一种痛苦的甜蜜，牵挂何尝不是一种最美的忧伤。最凄楚的爱情莫过于：遇见你，恨晚；爱上你，却不能相守；离开你，做不到；忘记你，又不能。

因此，同为爱情诗，《蒹葭》和《关雎》的格调大为不同。

如果说，《关雎》开的是一朵枝头花，《蒹葭》捧出的则是一弯水中月；《关雎》胸臆直出，《蒹葭》情思缥缈，烟波浩荡；《关雎》寻求的是伴侣，是人，《蒹葭》追求的是梦，是心目中的神，可望而不可即。

因为可望而不可即，才使吟咏之人遐想联翩。天马行空地思，天花乱坠地念，无休无止，无穷无尽。当然，诗中的诗情画意亦无休无止，无穷无尽的水光潋滟，山色空蒙，陶然忘机。

在爱情中，往往是这样，最美好的，永远是得不到的那个。若是美人在怀，长相依偎，哪还有那么多罗愁绮恨。

"蒹葭苍苍，白露为霜。所谓伊人，在水一方。"虽然，凡尘你我从未知道这所谓伊人姓甚名谁，这世间，也再未有后来人得以窥见她的稀世容颜，却丝毫不影响世人对这首诗的喜欢，对这位伊人的喜欢，对这样的场景的迷恋。

距离，让抒情成为可能。若即若离，更让人想入非非。《蒹葭》追求的意境莫不如此。

喜欢上你的时候，就已经踏上征途，不问归期。

在周星驰主演的电影《大话西游》中，女主人公紫霞仙子就是在一大片一大片青青苍苍的蒹葭中出场的，伊人撑着一叶独舟翩然而来，美得不可方物，让观影的我们仿佛置身于《蒹葭》的意境。尔后，令我们念念不忘的就是至尊宝的真情吐诉：曾经有一份真诚的爱情放在我面前，我没有珍惜，等我失去的时候我才后悔莫及，人世间最痛苦的事莫过于此。如果上天能够给我一个再来一次的机会，我会对那个女孩子说三个字：我爱你。如果非要在这份爱上加一个期限，我希望是一万年。

爱是难的，在水一方的伊人，错过一时，一世便无可挽回。此后，哪怕你化身盖世英雄，身披金衣铠甲，脚踏七彩祥云，一个筋斗来回十万八千里，也未必还能获得机会。

所以，如果你有幸遇到，千难万险，万不可辜负。

二

蒹葭，像极女儿家轻轻巧巧的小名，被人呼唤着，以绝对柔软轻盈的口吻，即便用尽全部力气，还是舍不得大声。

这两个带草头的汉字，捎带着山野气和露水味儿，扑面清新，全不似她另一个名字——"芦苇"的粗枝大叶，粗声大气。

"苍苍""萋萋""采采"，都是形容蒹葭繁盛的样子，《诗经》中善于用一些叠词，如鸣佩环，琳琳朗朗。在这里，这些叠词不仅为诗语平添一腔铿然之气，让整首诗读起来悠扬悦耳，诗意丛生，而且给诗境涂上一层怆然、清婉的况味。

这是个深秋清冷的天气，天空有着青瓷般的颜色，泠泠风紧，不经意地吹皱一泓碧水，拂过苍苍蒹葭，拂过蒹葭上茫茫白露，拂乱河岸上痴迷怅惘、怀想伊人的男子一腔秋水心绪。

水，是闲情，更是一种莫名的忧伤。

一泓碧水漫过心扉，会让人一下子柔软、惆怅起来。所以，诗歌中经常出现很多关于水的镜头：汉广之水，沧浪之水，洞庭之水，桃花潭水，康桥柔波；逝水，泪水，苦水……

"世间行乐亦如此，古来万事东流水。"水，是时间的使者，生命的根源；

"思归若汾水，无日不悠悠。"水，是绵延不断的乡愁；

"花红易衰似郎意，水流无限似侬愁。"水，是滔滔不绝的相思；

"请君试问东流水，别意与之谁短长？"水，是依依不舍的别恨；

"水是眼波横，山是眉峰聚。"水，是心上女子清秀美丽的眼波，是缠绵缱绻的柔情之源。

而在《蒹葭》里，水是阻隔，是男子和伊人之间无法泅渡的距离，是男子一往情深的执着。

思念若青萍，愁情如秋水汤汤，寻寻觅觅，唯伊为念。

围绕这个寻寻觅觅，围绕这个"唯伊为念"，诗人对男子的行动、心理刻意铺垫，采取正面描摹的手法进行三百六十度无死角扫描，这样，一组慢镜头在我们面前次第打开。

"溯洄从之""溯游从之"描写男子忽而逆水而上，忽而顺水而下，全方位出手，不遗余力，只为追求伊人。

从"白露为霜"求到"白露未晞"，再到"白露未已"，他在时间里消磨着相思，在相思里消磨着自己。

"在水一方""在水之湄""在水之涘"，于无声处听惊雷，于微妙处见真情。从这些方位的细微变换中可以看出，男子苦心孤诣，寻觅的道路费尽周折。

不畏"道阻且长""道阻且跻"，直至"道阻且右"，男子的企慕思见不可谓不辛苦，信念不可谓不坚定，情感不可谓不热烈。

而男子心仪的女子——伊人，则隐退帷幕，始终是一个朦朦胧胧、扑朔迷离的背影。

"宛在水中央""宛在水中坻""宛在水中沚"，三个短句，伊人"宛在"，使追寻的结局戛然而止，像极国画里的留白，含不尽之意于言外，余音绕梁。

多么希望每一个美好的开端，都有一个完美的结局，所谓的圆满，皆大欢喜，有情人终成眷属。后来，历经世事才知道，花好月圆只是一种偶然，寻常的只是月缺花残，空留遗憾。

为何所有的爱情都非要有一个圆满的结局不可呢？

古往今来，多少凄楚动人的故事之所以百世流芳，正是因为它们永远残缺的结局。

没有触礁的泰坦尼克号，就没有如许悲壮的爱情典故让人伤怀至今；

只因为梁祝"楼台一别恨如海",才有化蝶后的心碎翩翩舞千年。

这样的残缺,更让每个伤情之人洒一捧同情泪之时,亦在笃信为爱投入的情深如海,执着无悔。直至善感的心灵于不知不觉中,把故事中的情节移植到自己的遐想中,千方百计,设想着余生如何遭遇一次狭路相逢,且为爱做一场轰轰烈烈的牺牲;期许着与最爱的人执子之手、与子偕老,打造一段童话般的地老天荒。

"蒹葭苍苍,白露为霜。所谓伊人,在水一方。"

诗人建构了一个无限凄美的境界,让无数人在这弯意象中沉迷缠绵,想望此去经年的她,心扉沐浴着良辰好景的月光,一次一次地让柔软的心,倾洒泪水,浇灌思念成花朵,让那余香,留在陈年的素手上,袅袅如烟,沉吟至今。

或许也可以这样说,《蒹葭》追求的不仅仅是一种爱情,还是一种理想,是对任何美好事物心醉神迷的一种向往和追求,仰之弥高,钻之弥坚。倾心做一件事,亦如此。

郑风·出其东门　　美女如云, 只想有你

出其东门，有女如云。虽则如云，匪我思存。

缟衣綦巾，聊乐我员。

出其闉阇，有女如荼。虽则如荼，匪我思且。

缟衣茹藘，聊可与娱。

○今译：

　　漫步走出城东门外，美女多若天上的云彩。尽管多如天上的云彩，却不是我所思之爱人。只有那个素白衣裙青绿佩巾的女孩，令我爱在心田。

　　漫步走出城东门外，美女多得像茫茫的白茅花。虽若茅花白，却不是我所思之爱人。只有那个白衣红佩巾的女孩，可娱可相爱。

一

　　英雄难过美人关，芸芸众生，多难逃"食色，性也"的古训。

亦有例外，《郑风·出其东门》里就有这么一位对爱情特别专一的男子。最难得的，是对一个出身低微的贫家女子的情有独钟。这份爱情，弥足珍贵。

诗里的东门，在现今河南新郑境内。

古人认为春天是随着东风从东方来的，祭祀以及有关春天的一些集会，大都放在城东进行。所以，春秋时期，这个东门注定是个特殊的聚集场所。遵照郑地民俗，青年男女欢欢喜喜结伴到这里游乐集会，相互表达爱慕之情。

由此可见，我们的祖辈多么开明通达，那时候的年轻人可以大胆追求爱情，和现在的我们一样自由和幸福。

爱情是人类生活的重要组成部分，《诗》三百，有五篇均是以东门为题。除这篇《出其东门》，另有《东门之墠》《东门之枌》《东门之池》《东门之杨》，构成"东门爱情故事"系列，向我们展示了那个时代精彩纷呈的婚恋世界面面观。

《出其东门》全诗分两章，采用《诗经》惯用的叠章复沓式结构，回环歌咏，语言不假雕琢，明白如话，使得人物形象鲜明生动，如在目前。

郑国的三月，乃仕女出游、谈情说爱的美妙时令。《郑风·溱洧》一诗就为我们铺展开这样一幅美妙的场景：在清波荡漾的溱水、洧水之畔，有三三两两的青年男女，"秉蕑"相会，笑语"相谑"，互相赠送着象征爱情的芍药花。人面和花相映红。

《郑风·出其东门》所展示的，则是男女聚会于郑都东门外的一幕，其场景之热烈，绝不逊色于"溱洧"水畔。

东门有什么呢？有如云如荼的美女，还有风流倜傥的美少年。本诗的男主人公，一个出身郑国、家有良田财帛的公子哥式人物出场了。

匪，即非。思存，说的是想念。思，语助词。存，一说在，一说念，一说慰藉。

缟，素白绢。綦巾，青绿色佩巾。聊，姑且、暂且的意思。员同"云"，语助词。

闉阇，指外城门。荼，白色的茅花。茹藘，茜草，其根可制作绛红色染料，此指绛红色蔽膝。

春天，惠风和畅，杨柳堆烟，关雎和鸣，百花争妍。这位贵族公子走出城堡的东门，到野外踏青。春天是万物复苏的季节，也是春风荡漾的季节。路上游人如织，美女如云。她们飞彩流丹，明眸善睐，让男子眼花缭乱。

男子也是爱美的呀！面对一群衣饰光鲜、打扮时尚的美女，男子也是极其欣赏的。

从"有女如云""有女如荼"这些脱口而出、毫不掩饰的溢美之词可以窥见，男子是愉悦的，心花怒放的。

那一刻，空气里流动着满满的美好的声色气象。"如云"，只有美好的女子才可以拿云作比，云一般的轻盈，娇态可掬。"如荼"，少女们像一簇簇盛开的白茅花，生气勃勃，怎一个唇红齿白、笑靥如花的美。

可是，如云如荼的女子可爱是蛮可爱的，却不是男子心头的爱，他的内心丝毫没有产生别的想法。因为他早已有自己思念的人儿了。

要问他心上的人儿是谁？那个素白衣裙青绿佩巾的美少

女，才是他的意中人。

素白衣裙青绿佩巾，从衣着来看，女子出身并不高贵。这名男子为了一名贫家女子，对如云的美女视若路人，可见他的用情专一。

想起屠洪刚的那首《霸王别姬》：人世间有百媚千红，我独爱，爱你那一种。

因为爱，所以爱。爱就是这样简单，即使你地位低微，即使我身边美女环伺。你在的时候，你是一切；你不在的时候，一切是你。

"取次花丛懒回顾"的爱情，正是古今人们渴求而歌颂的。

曾经沧海难为水，除却巫山不是云。取次花丛懒回顾，半缘修道半缘君。

——［唐］元稹

在有情人的眼里，缟衣綦巾、缟衣茹藘的女子，就是那沧海水，那巫山云。而男子，取次花丛懒回顾，只有她，才是他最爱的那一朵。

这位写下"曾经沧海难为水"的元稹，生活中却是始乱终弃的花花公子。《西厢记》的初始版本就是元稹的自传体传奇小说《莺莺传》。

《莺莺传》写张生与崔莺莺恋爱，后来又将她无情遗弃的故事。当初，张生旅居蒲州普救寺时，忽然发生兵乱。危急时刻，张生出力救护了同寓寺中的远房姨母郑氏一家。在郑氏的答谢宴上，张生对表妹莺莺一见倾心，婢女红娘热心地为他们互传书信。几经反复，两人终于月圆花好。后来张生赴京应试未中，滞留京师，与莺莺情书来往，互赠信物以表深情。但张生终于变心，认为莺莺是天下之"尤物"，认为自己"德不足以胜妖孽"，只好割爱。

张生的原型就是元稹本人。只是在原著中，他对崔莺莺始乱终弃，并且洋洋得意，以此为傲。后人鄙视他，所以把结局更改为"愿有情人终成眷属"，才有了明代剧本《西厢记》，也算是对元稹不良行为的鞭挞。

自古至今，无论是现实生活中还是艺术作品中，像元稹这样薄情男子的形象层出不穷，"但见新人笑，那闻旧人哭"的现象比比皆是。

戏剧《铡美案》的故事也是家喻户晓的。陈世美进京赶考，中了状元，就抛弃了结发妻子，隐瞒婚姻，娶了公主，做了驸马。人们痛恨这样的负心汉，让他死在包拯的威风凛凛的虎头铡下，同时把他钉在道德的耻辱柱上，遗臭万年。

诚然，什么事情都没那么绝对，天下负心男不少，痴情男亦有。

汉代乐府诗《孔雀东南飞》中也有这样一位为爱执着的男子。

东汉末建安年间，庐江太守衙门里的小官吏焦仲卿，娶了一房妻子叫刘兰芝。刘兰芝心灵手巧，十三岁能够织精美的白绢，十四岁学会裁剪衣裳，十五岁会弹箜篌，十六岁能诵读诗书。十七岁那年，刘兰芝嫁到焦家。

作为官府中人，焦仲卿遵守官府的规则，不能经常在家。刘兰芝常常一个人独守空房，在家里辛苦劳作。鸡鸣啼了，她就上机织绸子，天天晚上都不得休息，三天就织成五匹绸子。

尽管如此，焦仲卿的母亲对刘兰芝却横竖看着不顺眼，对刘兰芝故意挑刺，嫌她织布织得慢。原来焦仲卿的母亲看上了邻居一位长得漂亮且有背景的姑娘，命令儿子把刘兰芝休掉。

焦仲卿对母亲说，若休掉刘兰芝，他将一辈子不再续娶。尽管如此，强势的母亲还是逼迫他写下休书。

被迫回了娘家的刘兰芝发誓不再嫁人，娘家兄弟却贪人钱财逼她改嫁。走投无路，她投河而死。闻听这个消息，焦仲卿肝肠俱焚，遂挂在庭院树上吊死，追妻而去。

焦仲卿起初性格软弱，母亲对妻子百般刁难，他却不敢抗争，对母亲一直抱有幻想。当幻想被残酷的现实摧毁后，他变得坚强起来，坚决向母亲表明了以死殉情的决心，用"自挂东南枝"表示对爱情的忠贞。

他以死为代价，赢得了世人的尊敬。那份为爱甘愿殉情的行为，是人生的大义。

二

笔到这里，忽然很想知道，这名男子遇到的究竟是怎样一位素衣女子，让他如此执着如一，奋不顾身。弱水三千，只取一瓢饮；百花丛中过，片叶不沾身。

抑或，她和他，是谁已无关紧要。让我们记住的是他对她的全心全意，肺腑之心，他们之间的爱情留给我们的情感记忆和深深感动。

徐志摩说，一生至少该有一次，为了某个人而忘了自己，不求有结果，不求同行，不求曾经拥有，甚至不求你爱我，只求在我最美的年华里，遇到你。

可以权衡的，终究算不上一场纯粹的爱情。

爱情是一种信仰，她让相爱的人痴迷，可以执着到令六月飞雪，天地动容。

秉持着这种信仰，即便世俗的尘埃再厚，也丝毫不妨碍我们对你情我愿的爱的追求，对自由的挚爱，对一份神仙眷侣生活的渴慕。

这世界上，一定有个人，爱你，一生一世；也一定有个人，让你爱，一生一世。

陈风·月出 若无佳丽，花月皆虚设

月出皎兮，佼人僚兮。舒窈纠兮，劳心悄兮。

月出皓兮，佼人懰兮。舒懮受兮，劳心慅兮。

月出照兮，佼人燎兮。舒夭绍兮，劳心惨兮。

○今译：

月亮出来多明亮，美人模样真漂亮。身材窈窕步轻盈，让我相思心烦忧。

月亮出来多皎洁，美人模样真姣好。身材窈窕仪态美，让我相思心忧愁。

月亮出来照四方，美人模样真美好。身材窈窕步优美，让我相思心烦恼。

一

相对于现代学者的含蓄、委婉，古代文人可谓相当率真、直接。晋代学者吴逵一生潦倒，惨不忍睹，"家徒四壁立，冬无被裤，昼则佣赁，夜则伐木烧砖"，可精神世界却不困窘，依旧超然洒脱，一句"若无花、月、美人，不愿生此世界"让后人刮目相看，连自号心斋的清代文学家张潮，在其作品《幽梦影》里也不惜沦为小迷弟，借势直抒胸臆，再上层楼：

> 昔人云："若无花、月、美人，不愿生此世界。"予益一语云："若无翰、墨、棋、酒，不必定作人身。"

若无花月美人，不愿生此世界。若无翰墨棋酒，不必定作人身。有那么一丝豪爽，又有那么一丝浪漫。

在他们眼里，鲜花、月亮、美人，是构成美丽世界的元素，翰、墨、棋、酒，则是人生无上的雅趣闲情。如若缺失此中种种，这个世界该几多贫瘠乏味，面目可憎。

另外，借此生发，这本《幽梦影》里还有不少类似这般意境的句子：

> 春听鸟声，夏听蝉声，秋听虫声，冬听雪声；白昼听棋声，月下听箫声，山中听松声，水际听欸乃声，方不虚此生耳。
>
> 天下无书则已，有则必当读；无酒则已，有则必当饮；无名山则已，有则必当游；无花月则已，有则必当赏玩；无才子佳人则已，有则必当爱慕怜惜。

品咂这些句子，莫不为大才子清新可爱、通透畅达的行笔所折服，为这些风骨清嘉的片玉碎金爱不释手，为张潮极具个性的生活情趣拍案称绝。

但凡文人都是喜欢月的，张潮亦难逃窠臼，他直言不讳地坦陈自己的喜欢：

> 物之能感人者：在天莫如月，在乐莫如琴，在动物莫如鹃，在植物莫如柳。

他讲，大千世界，最能让人心生感动的自然之物，莫若天上圆圆缺缺的月亮，以乐曲抒发情感的琴声，鸟中的杜鹃，植物中的垂柳，它们都是诗人笔下演绎离合悲欢的常客。

想想确实如此，大文人苏轼的"人有悲欢离合，月有阴晴圆缺"，被世人念叨了一千年之久，还是常吟常新，每一次又都衍生出不同的感受。

王维的一句"独坐幽篁里，弹琴复长啸"，读之凄清绝俗，肺腑若洗。

"庄生晓梦迷蝴蝶，望帝春心托杜鹃。"缘于望帝化鹃的凄美故事，写诗读诗的人们对泣血啼归的杜鹃鸟独有厚爱。

三月柳条青，丝丝绿绦不仅仅是报春的使者，也即离恨的象征。诗人吟："春风知别苦，不遣柳条青。"无限怅惘如烟长。

人生最是别离多，长亭短亭处，折柳相送，惜别依依，自然，少不了柳丝的陪衬。"柳"也即"留"，"丝"乃是"思"。

而天上一轮皎皎月轮，又常和美人相提并论，这一厢，张潮另有话说：

> 若无诗酒，则山水为具文；若无佳丽，则花月皆虚设。

因为有了诗歌美酒的参与，山水才透射出它的靓丽姿色。如果没有美丽佳人在侧，鲜花满月、良辰美景则形同虚设，又有什么意义呢？

诚然，古人欣赏美人讲究的是意境，就像《幽梦影》里说的那样：

> 楼上看山，城头看雪，灯前看月，舟中看霞，月下看美人，另是一番情境。

> 所谓美人者：以花为貌，以鸟为声，以月为神，以柳为态，以玉为骨，以冰雪为肤，以秋水为姿，以诗词为心，吾无间然矣。

不独吴迟、张潮，翻开中国诗歌史，写月亮思美人的诗篇连篇累牍，数不胜数。

其实，把月比作美人由来已久，《陈风·月出》可谓这一文学意象的滥觞。

不能不佩服先知洞若观火的敏感，在他的眼里，天体上这轮冰冷之物，有了温情的诗意，有了人的体貌神情，她时而思念，时而怀望；时而欣喜，时而悲叹；时而袅娜，时而丰满；时而远在天边，清净如莲，时而近在眼前，深情款款。

《月出》是陈国的民歌，是一首情诗，抒发的是在皎洁的月夜，诗人对月思念意中人的强烈感情。

这个静谧的秋夜，微微飘浮着凉意，诗人一腔渴慕思恋的情怀，在薄薄的凉意里，氤氲开来。于一地淡淡月色下，诗人想象着心仪女子若隐若现的身影，似明似昧的举止，雾里看花般的姣容，情不能已，怦然心动。起舞徘徊风露下，今夕不知何夕。

《月出》分三章，每章第一句以月起兴，第二、三句写美人，末句写诗人自己不宁静的心情。简净，清朗。

月亮出来亮弯弯，诗人的眼前，出现一个和弯弯月儿一般妩媚清秀的女子，让他无限向往和爱慕。

月美，月下的人更美。女子窈窕的身段，娴雅的举止，使得诗人一见倾心，眉间心上，无计回避。无奈情郁于中，却苦于无从表白，因而生发出无尽的怅惘和感慨。

爱美是人之天性，尽管心爱的女子没有丝毫的觉察和回应，但诗人已经为之倾倒，爱之深，情之切。那个面如芙蓉，眉如远山，婀娜若柳，像月亮一样美好的姑娘，是诗人心头灼灼欲燃的"白月光"。

丁元英说："天下之道论到极致，百姓的柴米油盐；人生冷暖论到极致，男人和女人的一个情字。"

为这一个"情"字，世人沉吟至今。

爱一个人，很多时候就是画地为牢，自己把自己关在心门之内，为爱围剿，为情所困。

《月出》一诗用词的玄妙，不能不提。

"佼人"指的是美人。"皎""皓""照"三个字，依次从月光的洁白、明亮，以及照拂的动态，细致入微地雕琢月色；"僚"同下文的"懰""燎"，意义大同小异，特指心仪女子的明艳、娇媚。

"窈纠"与后面的"懮受""夭绍"，是诗人刻画的三个画面感超强的词语，以此来描绘一个美丽女子行动似弱柳扶风的婀娜姿态。其中"悄""懆""惨"，表现的则是诗人因为美人可思不可求的烦忧、焦躁状。

在这里，我不想望文生义强作解，也不想深究这几组词的细微差异。读诗是一种感觉，所谓的心领神会，其实是在诗里寻求一种与自己心念气息相契相合的意义，要的是悦目赏心，互通有无。

天机贵在心照。这是一句很经典的话。着意寻不见，有时还自来。有些意念不可诠释，不可随意增删，它们早已根深蒂固。

二

对月怀人的迷离意境和伤感情调一经《月出》开端，后世的同类作品便滔滔不绝，大河奔流。

"海上生明月，天涯共此时。情人怨遥夜，竟夕起相思。"一轮清辉之下，诗人望月怀远，彻夜难眠。

当一个名字使他心心念念，每一个不眠的夜晚就有了悬而未决的牵挂。

多少美好时光倏忽而去，而他还记得，初见她时的那一刻，他心跳的速度，那般狂热和强烈。犹如在冬天白雪皑皑的旷野里，奔涌出对春天万木复苏、草长莺飞的渴望。

聂鲁达说："我愿用春天，换取你注视我的眼睛。"

这样一往情深，执着到底，让人感动和心疼。

同样一往情深，被相思缠绕，彻夜难眠的不只你我，还有李白，孤栖幽独的他放声吟唱：

长相思，在长安。

络纬秋啼金井阑，微霜凄凄簟色寒。

孤灯不明思欲绝，卷帷望月空长叹。

美人如花隔云端。

上有青冥之高天，下有渌水之波澜。

天长地远魂飞苦，梦魂不到关山难。

长相思，摧心肝。

有人说李白这首《长相思》，是借对美人的爱情表达思君之意。我不以为然。

我认为，喜欢李白的后人也更愿意相信，它就是一首纯粹的月下怀人的情诗。他念的心上人，在朦胧的月色下，似乎近在咫尺，又真的离得很远很远。她姣好的容颜，时而分明，时而迷茫，如梦，似幻。是"美人如花隔云端"，更是"美人如月隔云端"。

吴从先在《小窗自纪》中写道："客曰：'山水花月之际看美人，更觉多韵，是美人借韵于山水花月也。'余曰：'山水花月直借美人生韵耳。'"

这个说法恰和"若无佳丽，花月皆虚设"同出机杼。

所谓佳人，人们称之"沉鱼落雁，闭月羞花"。足见在世人眼里，月亮和美人，堪称珠联璧合，相得益彰。

同时，在我国浩如烟海的古典爱情诗歌中，月亮作为一个美丽的载体，起到了推波助澜的作用。

韦庄的"垆边人似月，皓腕凝霜雪"，轻叩唇齿，玉阶生辉，诗中面如皎皎月、肤色赛霜雪的佳人，令世人产生几多美妙的遐想。

在陈亮"黄昏庭院柳啼鸦，记得那人，和月折梨花"的朗月清辉下，伊人带着素洁的月色，轻轻折下枝上如雪的梨花。那份唯美，让你心醉神驰。

晏小山说："舞低杨柳楼心月，歌尽桃花扇底风。"我和你一起喝酒跳舞，直跳到三更灯火五更明，月亮低了，灯烛尽了，筋疲力尽无力摇动桃花扇还不罢休。和你在一起，永远无烦忧。

同样是晏小山，怀念歌女小苹，惆怅低吟："当时明月在，曾照彩云归。"相思如微风过箫，凄寂无人能知。

"有至情之人，才能有至情之文。"鲁迅先生一语道破，不无透辟。

在古代，没有短信，没有微信，没有网聊。如果我想你，我就在月亮下为你写诗。

诗歌一直这么真切地抒发着时人的情感，因为真切，而倍加珍贵。

所有风花雪月的故事，都是惆怅的，也是美的。因为，美是让人分心的。你不能不为它们惆怅，即便知道这惆怅于事无补。

走在浩瀚的中华古典文化长廊里，也许人们最初只是为了模仿，后来竟至形成了一种习惯。习惯于将许多莫名情感，寄托在明月中。借这一弯不耀眼却散发着迷人光束的月儿，象征美，表意浪漫，寄托相思，绵延乡情。

　　月亮，最终成为诗词中窈窕皎洁的那枝莲，成为传统文化的一部分，成为庸常的物质生活之上，不可或缺的一爿精神世界的构件。

　　倘若少了这一弯月轮，就少了一份真切的倾诉和吟唱，少了一份凄美的痛楚；

　　倘若没有这一弯清亮，我们的生活就会缺失如许诗情画意，减却几多深情和浪漫。

　　而且，我们的离合悲欢，与谁共诉？

邶风·静女　　等你，花儿都落了

静女其姝，俟（sì）我于城隅。爱而不见（xiàn），搔首踟蹰。

静女其娈（luán），贻我彤管。彤管有炜，说怿（yuè yì）女（rǔ）美。

自牧归荑（kuì tí），洵（xún）美且异。匪女（fēi rǔ）之为美，美人之贻。

○今译：

　　贤淑可爱美少女，约我城墙之一隅。

　　故意躲起不相见，惹我搔头又徘徊。

　　活泼可爱美少女，送我一把红茅根。

　　草管鲜艳还有光，倍加珍爱和珍惜。

　　放牧采来的茅荑，确实美丽又出奇。

　　不是茅荑真的美，美人送我情意深。

一

等待一小时，太久，

如果爱，恰巧在那以后；

等待一万年，不长，

如果，有爱恰巧作为补偿。

美国传奇女诗人艾米莉·狄金森这首小诗很短，却非常耐品，小诗传神地道出世人为爱等待的微妙心理。等待，让人焦灼，尤其等而不来，可谓"一小时太久"，多一分，多一秒就急不可耐。然而，等而不来有多焦急，多无奈，等而有候就有多甜蜜，多幸福，所以"等待一万年，不长"言之凿凿，毫不夸张，人们不仅把这般心声写在诗里，还唱在歌里：

等你一万年，蜜蜜又甜甜。

太阳哥哥月亮妹妹，笑笑红了脸。

陪你去摘星，用心去探险。

绕着银河一遍又一遍。

嘿嘿嘿嘿嘿不疲倦。

有爱在蔓延，有两两一世情缘的相牵，爱就像太阳哥哥、月亮妹妹那样一万年恒久，永不言悔。

月上柳梢头，人约黄昏后。这样的等待是无比煎熬的，又是无比甜蜜的。无数在心头跳跃奔涌的相思，像吐泡泡的小鱼冒出水面，咕噜噜，咕噜噜，冒得春风浩荡，冒得人心花怒放，哪有工夫思量时间的流逝，一任它潮涨潮落，匆匆又匆匆。

这不，《邶风·静女》中的城墙一角，此刻就站着一位沉浸在甜蜜的等待里的年轻男子。

关于《邶风·静女》这首诗的主旨，朱熹谓之"淫奔期会之诗也"。所谓"淫奔期会"，在古代指男女未经父母之命、媒妁之言，自由结合，私定终身。"期会"即谈恋爱的两个人约期聚会，也即见面约会。在封建社会中，淫奔和期会往往是男女自由恋爱的大胆行动。

自由恋爱是当今社会积极提倡的，是由《婚姻法》来做坚强后盾的。而两千多年前的初民能做到如此开明豁达，足以让我们现代人刮目相看。

时间，应该是春天的傍晚时分，晚霞满天，这个年轻小伙子，接到心上人捎来的信息，不敢怠慢，把自己收拾得既潇洒又漂亮，喜气洋洋、一溜小跑，急急赶到城墙一隅，去会见心爱的姑娘。

女子把约会地点选在城墙一角，两个年轻恋人在这个偏僻安静的地方见面。我想，关于这个"城隅"，恋爱的人们，一准儿会心一笑。

思念是一种很玄的东西，如影随形。站在城墙角伸着脖子痴望的小伙儿，焦急地等，等那个古怪精灵、眉目俊俏的姑娘前来相会。

因怀抱一腔炽热的爱，加之无比激动、紧张、期待，如小鹿撞门的心扉，让他想燃烧，让他更痴狂，那一双眼睛哟，竟比深夜最亮的星光还晶亮；那眼神里的一汪蜜意哟，竟比溱水那一池还清灵可鉴，比洧水那一弯还柔波荡漾。

在《静女》这首古老的情歌里，青年男女约会时的烂漫、活泼、真挚、美好的情态呼之欲出。

从"自牧归荑"这一句可以看出，和他约会的姑娘是一个年少的牧羊女。她娟秀又可爱，聪颖又大方。

俟，等待的意思。"静"是说女子娴雅安详。"姝"是说女子娴静美好。"娈"是说女子年轻美丽。你看，诗人恨不能把所有表现美女的词语都汇集过来齐齐颂扬。

可以携手这么一个得体能干、灵秀多情的女子，哪个男人不魂牵梦绕，朝思暮想？

为爱的人，明知是煎熬，还要赴汤蹈火，勇往直前。

等，再等。他翘起的脖子，把远方的林子，林子的再远方绕了几个大弯儿。可，林子外，空无一人。林子里，空无一人。

这是她的必经之路，她究竟在哪里，为什么迟迟不见芳影？

是中途变卦，还是事出有因？

焦急等待的他，坐立不安，东张西望，走来走去，抓耳挠腮，搓手踱步，徘徊不定。

"搔首踟蹰"这个词，实在妙极，把男子因看不见女子而焦灼万状表现得穷形极相，就像画家捉笔画下来的一样。

当然，作为旁观者，笑不得，怪不得。深情、迷恋地爱过的人，谁不曾这样一路走来？但凡没有这般体验的，一定爱得不够。

这一章，惜墨如金，多一字则长，少一字则短。刻画人物外貌、动作、心理，无不细致微妙，让我们由衷赞叹，男子身上的一切细节都是语言，都可以倾诉。

二

毕竟相思，不似相见好。

终于等来了。在男子茫茫然不知所措的时候，她，漂亮可爱的女子华丽丽地站到他的面前。原来，调皮刁钻的姑娘，在和他在躲猫猫。他的搔首踟蹰，他的魂不守舍，被她尽收眼底。

她要试一试，他在乎她，是否像她在乎他一样。

约会迟到，旨在考验，此乃小女子的一贯伎俩，历经千年而不衰。

可你千万别恼啊，女孩的心事你别猜，其实也好猜。缘于，要爱，就要全力以赴，全心全意，旁若无人。

他佯装生气，转身欲做离开状。可，怎么舍得不理不睬？她轻轻一拉他，他的双脚就稳稳站住了。

她的娇羞和矜持，欲语还休的小模样，一下子将他逗笑。两人言归于好。

爱她，不责怪，不迁怒。

看到他不生气了，女子高兴了。凭女人的直觉，她懂得他就是可以一生相托之人。

于是，女子手执一把红茅根，送给男子。在西下的阳光里，这棵红草管如桃之夭夭，耀红他年轻的脸。

他贴在胸口，物微而意深。虽然，这只是一棵平凡的小草，和田野上、角落里其他的小草无多大区别，但当它作为爱的馈赠的时候，就不能轻言普通二字。

一如南北朝陆凯《赠范晔》中"江南无所有，聊赠一枝春"

的境界。

赠送什么并不重要，重要的是感情，是爱人的用心。

关于爱的用心，不能不让我们想到那段惊世骇俗的爱情——"爱的天梯"的故事：

20世纪50年代，重庆江津中山古镇农家青年刘国江，爱上了大他十岁的"俏寡妇"徐朝清。这样的爱情不为俗世承认和看好。为了避开世人的流言蜚语，他们携手私奔至深山老林，自力更生，还养大七个孩子，相依相守几十年。

为了妻子徐朝清出行安全，刘国江一辈子都忙着在悬崖峭壁上开凿石梯。一年又一年，在他的不懈努力下，终于凿出六千多级"爱情天梯"。后来，他们的孩子长大后相继下山工作成家，夫妻俩还生活在老地方。她喊他"小伙子"，他喊她"老妈子"。

2007年，刘国江病逝，五年后，徐朝清追殂而去。两个老人的故事被评为"中国十大经典爱情故事"。虽然这场旷世绝恋随着徐朝清老人一起入了土，但留下的一段爱的传奇，却让我们恒久地追忆。

有一天，我们可能对爱疲惫，但不能不相信爱情。

虽然时代变了，表达爱情的方式也变了。光怪陆离中，迷失了多少人的眼睛，但是一定还有人，一直在原地坚守。

你问我爱你值不值得，其实，爱从不问值不值得。或者还可以这样说：你问我等你值不值得，其实你应该知道，等你不用问值不值得。

"最诚实的生活方式，其实是按照自己身体的意愿行事，饿的时候才吃饭，爱的时候不必撒谎。"为一个人，一份爱，常常，爱得卑微，等得无怨。

年年陌上生秋草，日日楼中见夕阳。每个人的内心深处，总有一处是柔软的，那里，盛满狂热，盛满感动，盛满深深的爱。

等待，为一个人春暖花开。

鄘风·桑中　　想把我唱给你听

爰采唐矣？沫之乡矣。云谁之思？美孟姜矣。

期我乎桑中，要我乎上宫，送我乎淇之上矣！

爰采麦矣？沫之北矣。云谁之思？美孟弋矣。

期我乎桑中，要我乎上宫，送我乎淇之上矣！

爰采葑矣？沫之东矣。云谁之思？美孟庸矣。

期我乎桑中，要我乎上宫，送我乎淇之上矣！

○今译：

　　灰灰菜啊哪里采？到那沫县旷野外。心里常把谁挂怀？孟姜美女惹人爱。邀我桑林里相会，请我楼上诉衷肠，送我淇水之上啊手分开。

　　麦穗子啊哪里采？到那沫县旷野外。心里常把谁挂怀？孟弋美女惹人爱。邀我桑林里相会，请我楼上诉衷肠，送我淇水之上啊手分开。

　　蔓菁菜啊哪里采？到那沫县旷野外。心里常把谁挂怀？孟庸美女惹人爱。邀我桑林里相会，请我楼上诉衷肠，送我淇水之上啊手分开。

桑中，就是桑林中。再具体地说，就是沬县（今河南汤阴南）的桑林中。桑林中作甚，当然不是采桑子，约会去了！

你且听个仔细，这"了"字后面可是拖着重重的尾音，高而亢。

无须赘言，文字素来具有声情并茂的质地。《桑中》是借一个年轻男子的口吻，描述一对恋人约会谈恋爱的情景。短短三章，洋洋洒洒，春风得意。

哪个少男不钟情，哪个少女不怀春？无可非议，热恋中的这一个，岂有不激情不雀跃不豪迈的道理。如何酣畅淋漓地宣泄当下的快意，自然是大声唱情歌，所以，就有了《鄘风·桑中》这曲欢快洋溢的小情歌。

关乎爱情放歌，自然唱的人心花怒放，听的人心情朗畅。不须代为担承那些求而不得或者得而失之的忧悒，不失为一种惬意。

自诗中来看，男主人公是个人见人爱、花见花开、热爱劳动、活泼开朗的好青年。想想也是，榆木疙瘩、又呆又懒的男人什么时候都不抢手。

爰，是在哪里的意思。采唐说的是采菟丝子，菟丝子也即女萝，是一种藤蔓植物，有养肝明目之功效。或许不必这样中规中矩来解，当以诗的眼光作观，从《诗经》比兴的手法来谈，诗句是取菟丝子善于攀依、扶持、缠绕的特性，来比拟恋人之间缠绵悱恻、难解难分的情愫。

这样来理解算不上牵强附会，自古就有"物以类聚、人以群分"一说。人和物，合该有那么几缕相似相契的情怀，从而实现大道自然、天人合一的境界。

吕本中的《采桑子》不就是个样板吗?

> 恨君不似江楼月,南北东西。南北东西,只有相随无别离。
> 恨君却似江楼月,暂满还亏。暂满还亏,待得团圆是几时?

词中表面上说"恨君",实际上是念君,念到茶饭不思,寝食难安,变着法儿和江楼月较劲儿。

可恨郎君不像高悬在江边楼上的明月,南北东西地围绕着江楼运转,相伴而不离开。可恨那郎君却像这江楼上的月,刚刚圆满又要残缺,不知何时才能再团圆。这次第,步步怨,声声泪,真是难为月亮难为君了。

还好,《桑中》没有这番怨讨,让我们可以身心轻盈,跟着诗人一路悠扬一路歌。

> 爰采唐矣?沫之乡矣。云谁之思?美孟姜矣。期我乎桑中,要我乎上宫,送我乎淇之上矣!

三章开篇均从设问句入手,来着重强调和强烈炫耀男子身处爱河的小甜蜜、小幸福,其志得意满、神采飞扬的模样跃然纸上。

文似看山不喜平。这样的明知故问,比直接的叙述显得更加宛转而富有情致,令读者耳目清新。

菟丝子啊哪里采?到那沫县旷野外。心里常把谁挂怀?孟姜美女惹人爱。邀我桑林里相会，请我楼上诉衷肠，送我淇水之上啊手分开。

相见几多温馨，即便手分开，人远去，诗人也没有丝毫惆怅之状，不似南宋词人康与之那般缠绵：

> 南高峰，北高峰，一片湖光烟霭中，春来愁杀侬。郎意浓，妾意浓，油壁车轻郎马骢，相逢九里松。

愁肠百转，等不及地要去和情人相会，心驰神往。

因为菟丝子采过，接着还会去采麦（麦，通"莱"，指地里自生自长的灰灰菜，其叶可食），采芜菁，有的是相见的机会，不须愁更愁，不须等白少年头，下一次和再一次，约会在即，伊人在即，快乐抵门而至。

后两章，诗人继续沿用《诗经》一贯的复沓重章手法。不过，美孟姜变成了美孟弋和美孟庸。她们似乎是三位美女的芳名，如果你非要不假思索地给他安上朝秦暮楚、脚踏三只船的罪名，那就大冤特冤、六月飞雪了。

所谓的美孟姜、美孟弋和美孟庸，只不过是诗人对自己恋人的美称，犹如后人称西子、毛嫱皆指代美女一般。诗人故意混淆视听，是因为他在保护恋人，守护自己心底的小秘密。不管再怎样全世界叫嚷孟姜、孟弋和孟庸，他心中揣着的始终是他的那个她，唯一的、最美的、最亲的她。疼不够、爱不够、唱不够的她。

从此以后，"桑中"这个带着固定内涵和意境的词素，频频出现在文学作品里。成语"桑中之约"就是一例。江淹《别赋》里亦有"下有芍药之诗，佳人之歌。桑中卫女，上宫陈娥。春草碧色，春水渌波，送君南浦，伤如之何"的句子。

其中，"芍药之诗"语出《诗经·郑风·溱洧》；

"佳人之歌"指李延年的"北方有佳人，绝世而独立"；

卫女、陈娥均指恋爱中的少女。

这几句说的是：世间男女咏"芍药"情诗，唱"佳人"恋歌。卫国桑中有多情的少女，陈国上宫有美貌的春娥。春草染成青翠的颜色，春水泛起碧绿的微波，送郎君送到南浦，令人如此哀愁情多！美得让人感伤。

而清代蒲松龄《聊斋志异》里愈加直白，以"桑中之游"直指男女私情，使小说叙事颇具典雅蕴藉之风。

二、三章和第一章大同小异。

小情歌，唱的是诗人动情的心声，唱的是恋人之间的柔情蜜意、你侬我侬，一来道出凡胎肉身的我们曾经沧海的情感体验和恋爱经历；二是没有矫揉造作和酸腐腻歪，合乎自然，合乎人性。所以欢畅流利，情绪饱满，语感亲切。

另外，它洗尽铅华、不饰雕琢的纯朴让人怦然心动，字里行间炫耀的小幸福令人心旌荡漾。《桑中》不仅彰显了鄘地年轻人自由恋爱的风尚，而且展示了当时淳朴开放的民风民俗。真挚热烈，至情至性。

这种至情至性牵引着诗情，牵引着心情的前行。我们不需要引经据典，非要考证出其中的微言大义。只需想读，爱读，读好，读懂，读出自己的胸臆就行。

直至现在，类似这样的小情歌最受大众青睐，广为传唱：

这是一首简单的小情歌，

唱着我们心头的白鸽。

……

青春在风中飘着，

你知道就算大雨让整座城市颠倒，

我会给你怀抱。

……

就算整个世界被寂寞绑票，

我也不会奔跑，

逃不了最后谁也都苍老，

写下我时间和琴声交错的城堡……

　　有一种力量，穿越千年，拂乱漫山薰衣草，催促遍野紫薇盛放。她们和我们一起来唱《小情歌》，唱至天荒地老。

　　如果爱，请深爱。为爱这样至情至性其实不难，尝试着做一回自己，是一件多么了不起的事情。

陈风·宛丘　　有一种爱叫一见钟情

子之汤^{dàng}兮，宛丘之上兮。洵有情兮，而无望兮。

坎其击鼓，宛丘之下。无冬无夏，值其鹭羽。

坎其击缶，宛丘之道。无冬无夏，值其鹭翿^{dào}。

○今译：

　　你舞姿优美疏放，旋转在宛丘之上。确实倾心和爱慕，却不敢有大奢望。

　　你敲腰鼓咚咚响，宛丘之下舞翩然。无论严冬和酷夏，手持鹭羽风中扬。

　　你击缶坎坎声响，旋舞宛丘大道旁。无论严冬和酷夏，鹭羽头饰真漂亮。

一

　　读这首《陈风·宛丘》，眼睛在"洵有情兮，而无望兮"一处停留片刻，脑际倏然跳出一句"我的眼里只有你"，感觉此情映照此境，再合适不过。轻轻叹息，终究没让"可惜，你的眼里没有我"滑出口来。

洵，确实的意思。无疑，这首诗书写的是爱而不能的无奈。和《汉广》暗恋对岸的游女不同，主人公爱慕的是一位在宛丘翩翩起舞的巫女舞蹈家。

巫女，并不等同于现今人们脑海里关于巫婆、巫师等装神弄鬼式的人物的概念。巫女，在上古时代又叫巫祝、袜子或祝史，是《周礼》中掌管礼法、祭典的官职之一，能以舞降神，与神沟通，祭祀社稷山川，有驱邪、洁净、祈雨、祝祷风调雨顺等社会职能，类似于主祭、先知，有着非常高贵的地位，亦有不嫁之俗。这也是诗中男子敬慕、仰视，爱而不得、爱而不能的缘由。

宛丘，即现今的平粮台，也叫贮粮台，位于今河南淮阳区东南。宛丘有高大的城墙，城墙外围一条宽阔的护城河，如一条盘旋的玉带，默默守护着方圆几百里的沃野良田。

宛丘的地势中央低，四周高，《淮阳县志》里说："俗呼粮冢，高二丈，大一顷，有四门，林木郁然。在城东八里。"

这方富饶美丽的土地，得益于得天独厚的地形优势，成为一处天然的大舞台。

古时候的陈国，重祭祀，好歌舞。以歌舞降神为职业的巫女，常在宛丘婆娑起舞。

寂静的旷野鼓乐喧天，巫女舞姿曼妙，自然就吸引不少群众围观。

呛然

钹声中飞出一只红蜻蜓

贴着水面而过的

柔柔腹肌

静止住

全部眼睛的狂啸

仿佛现代诗《舞者》呈现的场景，恰若"一只红蜻蜓"的耀目、惊艳，这位巫女的舞姿亦以绝对凌厉的姿态，"静止住，全部眼睛的狂啸"。

和《舞者》一样，在《陈风·宛丘》中，人群中这位男子，看得目瞪口呆，心潮澎湃，情不自禁地为巫女优美奔放的舞姿痴迷陶醉，情随舞起，念念不忘。

满腔炽烈，沉吟良久，四目相接，一触即发。男子踏步为歌，将自己对巫女舞蹈者的一腔恋慕之情，吟咏成诗。

无论春秋冬夏，这方舞台上都有巫女舞蹈家旖旎的身影。

身着彩衣的她，如旋风一般，轻舒云手，长袖曼舞在宛丘之上；

在宛丘的原野上，手持鹭羽的她，身上的腰鼓敲得欢天喜地，咚咚咚的鼓乐响彻云天；

在宛丘的大道旁，头戴鹭羽头饰的她，手法娴熟地敲奏瓦缶，一板一眼，坎坎作响；

舞姿婀娜的她，与音乐融为一体，转甩开合，流水行云，如霹雳，如闪电，浩荡如风，奔腾如鹿。

男子惊异于巫女舞者的激情，惊叹于这是怎样一位奇女子，为她玲珑的身材而倾倒，为她飞扬的神采而痴迷，为她曼妙的表情而沉醉，为她奔放的舞步而叫好。

诗中最具动感色彩的，即"子之汤兮，宛丘之上兮"一句中的"汤"字。"汤"同"荡"，并非"放荡"义，而是描写舞者激昂摇摆、尽情尽兴的样子。

词语本有着各自独有的面貌声色，诗人以这个"汤"字，向我们展示了舞者的投入，她的全神贯注，她的热情奔放，正是小伙儿的情之所系。

男子眼中的她，那么热烈，那么孔武有力，有着做她自己的自由和敢做自己的力量。这般自由和力量，是他由衷的向往。

男子身不由己地沉浸在这种欢快、这种飞扬、这种激切里，在音乐响起，鼓声、缶声奏起的那个瞬间，让自己的肉身以及魂魄，挣脱凡俗的桎梏，随着乐曲飘荡在风中，雀跃在山林，奔走在林泉。他第一次知道，这是一种如此奇妙的感觉。

有些人，看一眼就铭记不忘；有些歌，听到前奏就心绪难平。

怦然心动，这种令人心惊又心悸的感觉，不是每个人都可以幸运地触碰得到。也不是每个人都可以那么幸运地，没有早一步，也没有晚一步，在合适的时间、合适的机遇里，刚好遇到那个让自己怦然心动的人。

还好，幸运的他没有错过。

二

　　"有一种爱叫一见钟情，突如其来，清醒而笃定。"在汉语言文字中，关于感情的话题，恐怕没有比"一见钟情"更打动人心的词了。

　　自见到巫女舞者的那一刻起，男子便知道，一件无可挽回的事已然发生。他的大脑一片空白，连呼吸都感到了困难。他不能遏制自己的心跳，不能收回自己追随的眼神。

　　就像王实甫《西厢记》中，张生在普济寺看到崔莺莺，瞬间被出身高贵、美貌绝艳的相国千金惊艳到，大呼"正撞着五百年前风流业冤"，魂不守舍，结结巴巴说不出话来。

　　就像当年的西泠桥下，那个阳光明媚的春日，骑在青骢马上游玩西湖的富家子弟阮郁，行至断桥处，与乘坐油壁车游春的苏小小偶遇。青骢马被油壁车惊吓，不小心将主人颠下马背。端坐在香车之中的苏小小，对摔倒在地的阮郁报以歉意，一颦一笑，令人动容。失魂落魄的阮郁，直勾勾地望着翩翩远去的苏小小，许久回不过神来。于是，一段凄美的爱情故事就此拉开序幕。

　　《宛丘》中的男子，一样也遇到了令他惊心动魄的巫女舞者。

　　在这个世界上，也没有比爱更加艰难的事情了。男子清楚，他和她，并不是同一条路上的同类人。

　　人们说，与自己的同类人保持一致，是最安全的选择。他悖逆了这样的安全。

　　然而，爱而不得的五味杂陈，只有当事人最清楚明了。彼时的男子，犹如独坐寒冬里，等待春的莅临。他和她，那么近，又那么远。

　　爱情当中最本质、最令人动容的力量，不是她合适，而是他愿意。为这份爱而不能，男子没有放弃，没有退缩。为了她，他捧出自己发烫的实心与真诚。

　　只要巫女舞蹈家在的地方，男子都如影随形。

　　他就那样站在台下，望着阳光里、月光下的舞者，不知身在何处，忘记周遭一切。眼中是她，心中是她，阳光是她，花朵是她，明月是她，星辰是她，人间所有美好的事物都是她。

　　见了她，他真正体会了那句久负盛名的话：爱一个人，她既是你的软肋，也是你的铠甲。

　　他的爱，是乍见之欢，亦是久处不厌，从春到夏，从夏到秋，从秋到冬。任何时刻，他的视线，离不开她的一切。

　　世界上最幸福的事，莫过于有那么一个人，你看着她，就格外开心；莫过于能天天守着她，望着她。满怀甜蜜，满怀希望，想着她。

　　纵然，他们之间，隔着身份的距离，隔着年龄的距离，隔着世俗的距离。

　　人生实苦，爱亦不易，"如果不满怀希望，那么满怀什么呢？"

　　当我们读这首诗的时候，在感慨这位男子为真爱执着的同时，或许有那么一瞬间，会再次邂逅青春的自己，邂逅那些年我们一直藏在心底，没有机会开口的小烦恼、小惆怅、小甜蜜。

忆起某个酷热的夏日，整个午后踟蹰在那条没有绿荫、热浪灼人的马路上，为的只是能看心仪的人一眼的自己。

忆起青葱年华，那个躲在教学楼一角，目送熟悉的背影离去，却没有勇气上前打招呼，痴痴的、傻傻的自己。

忆起为了某人无心的一个问候、一个眼神，而思前想后、患得患失、辗转难眠的自己。

诚然，谁不曾从青春走过，谁不曾有过这么一段"我的眼里只有你"的全心全意，有过一腔爱而不能的遗憾无奈。黄景仁《绮怀·其十五》诗中这样的心思暴露无遗：

几回花下坐吹箫，银汉红墙入望遥。

似此星辰非昨夜，为谁风露立中宵。

缠绵思尽抽残茧，宛转心伤剥后蕉。

三五年时三五月，可怜杯酒不曾消。

"似此星辰非昨夜，为谁风露立中宵。"昨夜的星辰已然不再，清醒的诗人，非常明白往事不可能重现，但他依然沉醉在这种深沉的迷恋里，无法自拔。

纵然流泪心伤，杯酒不消，我们从不后悔，曾经的倾情付出，为爱的一次次执迷不悟。

电影《那些年，我们一起追的女孩》里有一个令人难忘的场景：一个地震的夜晚，男主角柯景腾给喜欢了多年的女生沈佳宜打电话，由于信号不好，他举着手机跑了很远。接通电话的那一刻，他表白说："如果这世界我最喜欢的女孩不在了，以后我找谁回忆过往？"

多么痛彻的心声，令在场的观众不能不心有所触。

从学生时代起，柯景腾就开始喜欢沈佳宜，他等了她整整一个青春，可终究错过。

不是所有的念念不忘都必有回响。像柯景腾一样，很多人的青春里都有这么一段刻骨的恋情，虽然逃不开水流云散的结局，却让人铭记一辈子。

好莱坞的大明星凯瑟琳·赫本如是说："爱，并不意味着你会从中得到什么，而是仅仅意味着你将奉献，奉献一切。你会因此得到回报。然而这与你的奉献实际毫无关系，你奉献是因为你爱。假如你够幸运，你或许会得到爱的回报，那是令人陶醉的，但那样的事不一定会发生，爱仅仅意味着的是全身心的奉献。"

在俗世的生活中，拥有忠于自己内心的力量，才是多彩人生正确的打开方式。如果遇见爱，那就深深爱，爱过不后悔，努力不错过。

卫风·硕人　　最美丽的新嫁娘

硕人其颀（qí），衣锦褧（jiǒng）衣。齐侯之子，卫侯之妻。

东宫之妹，邢侯之姨，谭公维私。

手如柔荑（tí），肤如凝脂。领如蝤蛴（qiú qí），齿如瓠犀（hù）。

螓（qín）首蛾眉，巧笑倩兮，美目盼兮。

硕人敖敖，说（shuì）于农郊。四牡有骄，朱幩镳镳（fén biāo），

翟茀（dí fú）以朝。大夫夙退，无使君劳。

河水洋洋，北流活活（guō guō）。施罛濊濊（gū huò），鳣鲔发发（zhān wěi bō bō），

葭菼揭揭（tǎn）。庶姜孽孽，庶士有朅（qiè）。

○今译：

　　窈窕淑女体修长，披风罩在锦衣上。齐侯女儿多娇贵，嫁给卫侯到吾乡。她和太子同胞生，也是邢侯小姨妹，谭公是她亲姐丈。

　　双手白嫩如春荑，肤如凝脂细又腻。脖颈粉白如蝤蛴，齿如瓜子白又齐。额头方正蛾眉细，笑靥醉人真美丽，秋波流动蕴情意。

窈窕淑女身材高，驻马停车在城郊。四匹雄马多矫健，马衔两边红绸飘，鸟羽饰车好上朝。诸位大夫该早退，别让国君太操劳。

黄河之水声势大，奔腾向北哗啦啦。撒开渔网呼呼响，鳣鲔跳跃泼剌剌，芦荻稠密又挺拔。姜家的妇女人人颀长，那些武士们个个都轩昂。

一

都说山东出豪杰，很少有人知道，先秦时，山东还盛产美女。齐国是姜子牙封国，齐国王室的美女个个漂亮，因为她们姓姜，所以对她们的称呼中，也都有一个姜字。

《陈风·衡门》："岂其食鱼，必河之鲂？岂其取妻，必齐之姜？"意思是说，想要吃鱼，难道一定要吃鲂鱼吗？想要娶妻，难道非要娶齐国的姜姓美女吗？可见，齐国的那些姜姓贵族们，当时作为第一美女家族在社会上的影响。

齐国的姜姓美女嫁给很多别国的国君。比如一对姐妹花，先后嫁到卫、鲁，被称为宣姜、文姜，她们一度风生水起，影响了当时的政治格局。

齐僖公的女儿聘给卫国的世子伋子为妻，伋子的父亲——卫宣公荒淫，听说这个女人漂亮，在娶亲郑天，将伋子支开，在淇水上建立新台，自己亲自去迎娶，之后将其霸占为自己的夫人。这个女人因为是宣公的妻子，被称为宣姜。

宣姜嫁给卫宣公还不是故事的结局。卫宣公死后，宣姜又嫁给了宣公前妻的儿子，叫公子顽。她和公子顽生了五个儿女，其中两个后来成了国君，两个女儿成了别国的君后，也算让宣姜心有所慰。

　　宣姜的妹妹文姜，嫁给鲁桓公为妻。她和哥哥齐襄公乱伦，被鲁桓公发现，齐襄公就把鲁桓公杀了。文姜的儿子庄公即位，文姜不回鲁国，而是住在鲁国和齐国交界的地方，日日和齐襄公在一起。

　　后来，人们把宣姜和文姜这一对姐妹花，作为淫乱女人的代表。《诗经》里有很多诗是写她们的，或者与她们有关。像《邶风·新台》是讽刺卫宣公霸占儿媳的，《齐风·载驱》等是讽刺文姜兄妹乱伦的。

　　与文姜宣姜的不堪相比，她们的姑姑庄姜，是齐国东宫得臣的妹妹，嫁与卫庄公为妻，美而有贤德。

　　据朱熹讲，《诗经》中有五首诗出自庄姜之手：《燕燕》《终风》《柏舟》《绿衣》和《日月》。我宁愿相信这些诗出自这样一位美而贤的女人，但没有找到更多证据。

　　庄姜也是个悲剧性人物。

　　庄姜虽美，但婚后无子，遭到冷落。卫庄公后来娶了陈国之女厉妫，再娶了厉妫的妹妹戴妫。卫庄公脾气暴躁，对庄姜非常冷漠。美丽的庄姜在每一个漫漫的长夜里，孤灯长伴，困处深宫，无人相陪。

　　卫人怜悯庄姜，以一首《硕人》，描写齐女庄姜出嫁卫庄公时的盛况和她的美貌，着力刻画了庄姜高贵、美丽的形象。

二

这首诗，非常细腻地勾勒出一幅标准美女图：

第一部分说庄姜的出身高贵。齐侯的女儿，太子的妹妹，卫侯的妻子，邢侯的小姨子，真是金枝玉叶。

第二部分直接描写庄姜的美。双手、皮肤、脖颈、牙齿、额头、眉毛、笑容、眼睛。除了"巧笑倩兮，美目盼兮"，其余全用比喻，恰当贴切，巧妙地勾勒出美人之"形"美。而"巧笑倩兮，美目盼兮"，神形俱备，顾盼传神，确是千古名句。美人嫣然一笑、秋波流转，"神"到"意"到，惊艳无双。只此一句，让形容美女的诸多词语全部黯然失色。

第三部分写庄姜出嫁时的盛大排场。高头大马，鸟羽饰车，富丽堂皇。"朱帻""翟茀"又暗喻了庄姜的美德。这个时候，庄公应该是宠爱庄姜的，"大夫凤退，无使君劳"。君主因何操劳？估计也是凤夜欢爱吧。

第四部分看似继续描写庄姜出嫁的排场，其实是在为庄姜鸣不平。高贵的出身，美丽的容颜，良好的品德，嫁给了庄公，像鲜花盛开，却没有被人爱怜。齐国是大国，卫国是小国，齐国就像"河水洋洋，北流活活"。让卫国的国君相形见绌，黯然失色。

那是怎样一次盛大的婚礼呀！如浩大的黄河之水，如飞扬的芦苇之花。

那是怎样的一位美人呀！她高贵、美貌、沉静、平和，对着远远的农人轻启皓齿，温婉一笑，便让人驻马停车。

这样的婚礼,这样的美人,应该有个美满的婚姻,执子之手,与子偕老,她应该拥有所有童话故事的结局,她的结局不应该是历史中的那个结局。

但是,她盛大华美的婚礼和惊为天人的才貌,只是花瓶中的点缀,成为旁观者的唏嘘。

她顾目流盼,却又翩若惊鸿。她面带愁容,在历史的夜空中划过一道优美的弧,华然而来,寂寞而去。

三

"手如柔荑,肤如凝脂。领如蝤蛴,齿如瓠犀。螓首蛾眉,巧笑倩兮,美目盼兮。"她的身材高挑修长;一双纤手柔如茅草的嫩芽,又白又嫩;肌肤似凝脂般细腻白皙;脖子像幼虫般娇嫩柔软;牙齿细白整齐像瓜子;额头饱满,眉毛细长;盈盈一笑倾国倾城,一双美目顾盼传神。

这是汉语中描写美女的开山之作和标杆之作。清人姚际恒称:"千古颂美人者,无出其右,是为绝唱。"同时代的孙联奎,在自己的诗歌论著《诗品臆说》里更是大加推崇:"《卫风》之咏硕人也,曰'手如柔荑'云云,犹是以物比物,未见其神。至曰'巧笑倩兮,美目盼兮',则传神写照,正在阿堵,直把个绝世美人,活活地请出来,在书本上滉漾。千载而下,犹亲见其笑貌。"

除了"沉鱼落雁""闭月羞花""倾国倾城"这样间接的描写,

古今直接描写美女的作品，几乎都没有逃脱庄姜的影子。

白居易《长恨歌》里有对杨贵妃的描写：

天生丽质难自弃，一朝选在君王侧。回眸一笑百媚生，六宫粉黛无颜色。春寒赐浴华清池，温泉水滑洗凝脂。侍儿扶起娇无力，始是新承恩泽时。云鬓花颜金步摇，芙蓉帐暖度春宵。春宵苦短日高起，从此君王不早朝。

杨贵妃"温泉水滑洗凝脂"，细腻温润的感觉，千百年来没有改变；

"回眸一笑百媚生"，巧笑倩兮，美目盼兮，因这一笑，倾国倾城；

"从此君王不早朝"，也即"大夫夙退，无使君劳"的影子。

四

庄姜，一位行走在《诗经》里的女子，和《诗经》一样，成为一个符号，一个经典。

"巧笑倩兮，美目盼兮"，这样的美女，我们在秦罗敷身上看到了，在《洛神赋》里看到了，在《长恨歌》里看到了，在《红楼梦》里看到了。这样的美女，清风明月，繁花似锦，只可与天地共享，只能与自然相融。等你搂她入怀里，她便枯萎了。

枯萎的不是她的容颜，而是那段黯淡的历史。因为没有生育，就失宠于庄公，所以她的脸上写满忧郁。

她曾经憧憬过美好的爱情，希望有一个温暖的怀抱，但没有一个男人为她遮风挡雨。

这是女人的悲剧，这是爱情的悲剧。就像无数侍奉君王的女子，繁华一时，孤独一生。

她就像花。结婚时，她是牡丹，艳丽华贵；婚后，她像一株梅花，孤独苦寒。

驿外断桥边，寂寞开无主。已是黄昏独自愁，更著风和雨。

无意苦争春，一任群芳妒。零落成泥碾作尘，只有香如故。

——［宋］陆游《卜算子·咏梅》

她的美，为世人称道，却愁断黄昏，而又在历史长河中芳香四溢。

卷二

君子如玉，没有比两情相悦更好了

周南·卷耳　　相思相见知何日

采采卷耳，不盈顷筐。嗟我怀人，寘彼周行。

陟彼崔嵬，我马虺隤。我姑酌彼金罍，维以不永怀。

陟彼高冈，我马玄黄。我姑酌彼兕觥，维以不永伤。

陟彼砠矣，我马瘏矣。我仆痡矣，云何吁矣！

○今译：

　　采呀采呀采卷耳，半天未满一小筐。我思念我心上人，菜筐搁置道路旁。

　　攀越陡峭山石上，战马疲累足不前。且先斟满金酒壶，慰藉离思与忧伤。

　　登上高高山背上，战马腿软眼迷茫。且先斟满一杯酒，免我心中生悲凉。

　　艰难攀爬乱石冈，战马累瘫道路旁。仆人精疲力又竭，无奈愁绪浸哀肠。

　　有人说，有情饮水饱。还有人说，爱是难的。

　　世人动情之时，更多的则是为情所困，饱受相思煎熬。

灯半昏时，月半明时，才会相思，便害相思。相思时的种种复杂纠结，心绪难平，唯有通过富有张力、情绪饱满的诗歌语言，才得以倾吐得酣畅淋漓。

所以，古往今来，写相思题材的诗歌如江河滔滔，大海奔流。

长相思，长相思，若问相思甚了期，除非相见时。

长相思，长相思，欲把相思说似谁，浅情人不知。

——晏几道《长相思》

除非相见，才可以终了相思。这一句大实话，被深情的晏小山认认真真地写进诗词里，痴人痴语，浅情不识，自有一番动人之处，正如黄庭坚《小山词序》所云："其痴亦自绝人。"

古语云："凡有井水饮处，皆能歌柳词。"为何柳永的诗词倍受世人尊崇，广为传颂？缘于柳永是一个极其重情之人，写诗传情通俗易懂，抓人心魄。譬如他的名句：

拟把疏狂图一醉，对酒当歌，强乐还无味。衣带渐宽终不悔，为伊消得人憔悴。

寥寥数笔，就把诗人誓将相思进行到底，虽九死而不悔的决绝，写到很多人的心坎里。

李清照和赵明诚的爱情惊羡天下红尘男女，李清照亦是写相思高手。"此情无计可消除，才下眉头，却上心头"，甜蜜而忧伤。这样的"一种相思,两处闲愁",自易安笔下闲闲道出,细腻而真切,描摹出相思的绵绵不绝,无休无止,一语道破,直击人心。

"花间词派"鼻祖温庭筠的《梦江南》同样以情致含蕴著称:

梳洗罢,独倚望江楼。过尽千帆皆不是,斜晖脉脉水悠悠。肠断白蘋洲。

千帆、斜阳、江水,画面次第展开,诗人以此为背景,传神地勾画出思妇倚楼独望、苦苦等待的焦灼情态,于不用力处突出"重笔",款款深情,低回不尽。让手捧诗笺的你,不能不心生慨叹:思君如流水,何有穷已时。

确实,人生最苦是相思,最甜蜜的慰藉也即相思。可如果相思两两着陆,此心起,彼心应,回忆有时,念想有时,相思如海,深爱不移,虽然另有不得相见的遗憾、悲伤,倒也不失为一种莫大的安慰,一种不可言喻的幸福。

譬如《周南·卷耳》。

关于《卷耳》的题旨,后人的说法有三:朱熹《诗集传》认为是"后妃以君子不在而思念之,故赋此诗。托言方采卷耳,未满顷筐,而心适念其君子,故不能复采,而置之大道之旁也"。余冠英《诗经选》中宣称这是女子怀念征夫的诗。陈子展《诗三百解题》言"《卷耳》当是岐周大夫于役中原,其妻思念之而作"。

后两者的说法比较流行,我也非常赞同。通俗地讲,《周南·卷耳》是一首抒写怀人情感的诗作，写西周时代一位采卷耳的女子和远役的征夫备受相思煎熬互相思念的故事。

卷耳即苍耳，一年生草本植物，多生长在平原、丘陵、田间地头，其幼苗可食，果实呈小小的枣核形状，上有钩刺，名"苍耳子"，可做药用。带刺的苍耳子容易粘在衣服上、头发上，取不得，去不得，钩刺还特别尖锐，扎在手上、皮肤上，如针刺一般钻心的痛。

比之苍耳，我更喜欢卷耳这个名字，似有缱绻深情之意。想来，这首《周南·卷耳》以卷耳说事，是不是也有纠缠之意，粘之极牢，去之即伤，痛入肺腑，和相思有异曲同工之妙。

至此，且把千古风情，交付卷耳说。

二

"采采卷耳，不盈顷筐。嗟我怀人，寘彼周行。"

"采采卷耳"一句，状女子举止轻盈、衣袂迎风貌，说明采摘工作不繁重。

《周南·芣苢》中有类似的句子：

采采芣苢，薄言采之。采采芣苢，薄言有之。

采采芣苢，薄言掇之。采采芣苢，薄言捋之。

采采芣苢，薄言袺之。采采芣苢，薄言襭之。

《周南·芣苢》是先秦女子们采芣苢时所唱的歌谣，再现了一群勤劳的女子们采摘劳作的过程。女子们动作熟练，诗歌节奏欢快。正如清代方玉润所云："读者试平心静气，涵泳此诗，恍听田家妇女，三三五五，于平原绣野，风和日丽中，群歌互答，余音袅袅，若远若近，忽断忽续，不知其情之何以移，而神之何以旷，则此诗可不必细绎而自得其妙焉。"

　　白居易有诗句"芣苢春来盈女手"，和《芣苢》中的句子形神肖似，文字色彩一般。"采采"同"彩彩"，可以理解为繁茂、鲜艳的样子。

　　和《芣苢》欢快的笔调不同，《卷耳》借以相思说事，自然有着不一样的沉重。

　　《卷耳》第一章，以思念征夫的女子口吻来写。山坡上，一个身着绿衣，挎着菜筐来采摘的女子，正在田间采摘嫩嫩的卷耳幼苗。她弯着腰采呀采，没有停息，可采了小半天，筐里的卷耳苗还不过半。她索性将菜筐放置在大路旁，双眼遥望路的前方，专心致志想心事。

　　卷耳漫野，百花摇曳，鸟儿啁啾，云白如朵，春天的山野多么空旷、美丽，她却无心欣赏这般风景。孤孤单单、独自站立在道路旁的她，不由想起远方的心上人。

　　曾经，他们一起在这里采摘卷耳，采呀采呀，你侬我侬，笑语欢歌，青春做伴，眉目飞扬。可如今，辽阔的南山之上，只有她一个。那个曾和她在一起的他，独自奔赴远方的战场。想起来，不无感伤。

　　"不盈顷筐"说明菜筐一直未满。女子相思怀远，心系"周行"上的人，一时眼里是他，心里还是他，往日的他，今夕的他，耽误了做活，忘记了手上的营生，忘记了不盈于筐的卷耳。谁说一心能二用？

周行是周人的大路，诗经中另有两处"周行"：

"人之好我，示我周行"（《鹿鸣之什·鹿鸣》）；

"周道如砥，其直如矢……佻佻公子，行彼周行"（《谷风之什·大东》）。

从以上诗句中可以看出，《诗经》中在周行上奔波的人大抵是男性官员，旅程十分辛苦。

《何草不黄》："匪兕匪虎，率彼旷野。哀我征夫，朝夕不暇。有芃者狐，率彼幽草。有栈之车，行彼周道。"诗句无不透露出，边塞荒凉艰苦，征戍生活紧张动荡，可怜的出征人，每时每刻奔命在野外，劳累辛苦，没有进退的自由，不能按照自己的心愿返回家园。所以，思妇思念征人，牵挂征人的安危，以至于盼归望归，无心劳作，顺理成章。

一朝相思，苦心孤诣，义无反顾的不乏其人。纳兰容若的一首《梦江南》，向我们描绘着一幅相似的场景：

> 昏鸦尽，小立恨因谁。急雪乍翻香阁絮，轻风吹到胆瓶梅。心字已成灰。

"小立恨因谁"，哪个谁，天知地知，你不知我不知，而她知。这个清冽地站在急雪纷飞的香阁之前，蹙眉含颦，思念远方游子的多情女子，无限恨，几多情，孱弱似无凭，让人怜爱有加。

只是，凄楚有谁听。

恨，缘于过重的爱。《梦江南》也是一首表达相思的词作，与《卷耳》不同的是，词情凄苦、幽怨。结句意有双关，心字香烬，暮色黯然，不仅仅是实景的描画，更隐喻了主人公心已成灰的伤感。

比起她来，《卷耳》里的女子是幸福的，内心温暖，充满希望，让人艳羡。

皆因君心似我心，未负相思意。这也是这篇怀人情感的诗篇的匠心独运之处，后来诸如"后妃怀文王""文王怀贤""妻子怀念征夫""征夫怀念妻子"等类似题材，释解的都是单向情感取向，苦兮兮的不能自已。《卷耳》首开先河，策划了一幕动人的独幕剧，带着我们一起，穿越时光隧道，回溯到古老的西周。

　　陟彼崔嵬，我马虺隤。我姑酌彼金罍，维以不永怀。
　　陟彼高冈，我马玄黄。我姑酌彼兕觥，维以不永伤。
　　陟彼砠矣，我马瘏矣。我仆痡矣，云何吁矣！

此三章笔锋在思妇处驻扎，转向另一时地，用丈夫思妻来曲写妻子思夫的手法，打破时间、空间的限制，达到花开两朵、互相映衬的艺术效果。

人困马乏日渐高的时候，我想你；前路茫茫无际涯的时候，我想你；

长夜漫漫独无眠的时候，我想你；以酒浇愁愁更愁的时候，我想的还是你。

又苦又累地想，欲罢不能地想。

诗歌采用《诗经》中常有的叠章复沓的形式，呈现出征夫在外的劳苦之状，及因思念遏制不断的愁绪，并借以马的劳顿，表露行途的艰辛。

并且，为了诗歌表达情绪的连贯性，全诗坚决取缔"女曰""士曰"一类提示词的赘述，以一贯的朴素、简约，直击人心，直抒胸臆，情感更为强烈、直接，直接得很有力度。

这样的结构安排，独出机杼，使男女主人公的内心，淋漓尽致地得以挥发，像电影的蒙太奇手法。

此后，怀人作品亦滔滔汩汩，奔流直下。徐陵的"思妇高楼上，当窗应未眠"（《关山月》），杜甫的"今夜鄜州月，闺中只独看。遥怜小儿女，未解忆长安"（《月夜》），元好问的"山间儿女应相望，十月初旬得到无？"（《客意》）等名篇辈出。饮水思源，功在《卷耳》。

写男女间爱情的忠贞不渝，情感深挚，这也是这首《卷耳》的可贵之处。

两两相望，两情相怀，是古往今来红尘男女的拳拳心声。没有什么比看到两情相惜更让人踏实和欢喜的了。

时光柔软，见证着彼此相爱的过往。月圆月缺，濯洗着人生的离合悲欢。坚定有力的爱情，一定会给我们勇往直前的力量，让我们挣脱种种困顿，隐忍相思的忧患，爱着，执着爱。

终究会有一天，岁月静好，现世安稳。女子等到夫君，两人团圆，执手偕老。

郑风·子衿　　思郎恨郎郎不知

青青子衿，悠悠我心。纵我不往，子宁不嗣音^{yi}？

青青子佩，悠悠我思。纵我不往，子宁不来？

挑^{táo}兮达^{tà}兮，在城阙兮。一日不见，如三月兮。

○今译：

　　你的衣领颜色青青，日日夜夜思念在心。纵然我不能去找你，难道你忍心无音信？

　　你的衣领颜色青青，日日夜夜挂记在心。纵然我不能去会你，难道你不能主动来？

　　来来回回焦急心慌，苦苦等候在城楼上。一天不和你见个面，好像分别已三月长。

一

　　"青青子衿，悠悠我心。但为君故，沉吟至今。"曹操《短歌行》中这几句是明显的移花接木，但移得光明磊落，接得恰如其分，表达了他求贤若渴的强烈心声。

据说，这首诗的社会效果奇好，令诸如《求贤令》《举士令》《求逸才令》之类的政治文件望洋兴叹。不得不说，老孟德确实是谋略高人，擅长攻心之术。

而《子衿》写的是一个女子在城阙等待恋人的故事。等待，是一件让人特别焦心的事，所谓焦灼难耐、心急如焚、怨艾满腹、忧心忡忡都在情理之中。

> 伫倚危楼风细细，望极春愁，黯黯生天际。
> 草色烟光残照里，无言谁会凭阑意。
> 拟把疏狂图一醉，对酒当歌，强乐还无味。
> 衣带渐宽终不悔，为伊消得人憔悴。

——［宋］柳永《蝶恋花》

柳永的《蝶恋花》写的就是这样的等待。

主人公久久地伫立在高楼之上等待眺望，时已黄昏，却还不忍离去，等不来思念的恋人，只能借酒消愁，苦中求乐，内心百味杂陈。

内心百味杂陈的，还有梁启超先生这首《台湾竹枝词》里的女主角：

> 相思树底说相思，思郎恨郎郎不知。
> 树头结得相思子，可是郎行思妾时？

都是拿等待和相思说事儿，不过，相比较《蝶恋花》里主人公的忧戚哀婉，《台湾竹枝词》和《子衿》里的女子更加质朴明朗，率性而直接。

子，古时对男子的美称。衿，衣领。青衿，《毛传》中说："青领也，学子之所服。"

"青青子衿，悠悠我心"可以这样理解："衣服纯青的士子啊，我无日无夜都在思念你。"在这里，青青子衿说的是女子的恋人，一个穿着青色衣服，笑容干净的读书人。

以衣饰指代人，在《诗经》中比比皆是。《绿衣》里的"绿衣"，代指那个穿绿衣的女子。《出其东门》里"虽则如云，匪我思存。缟衣綦巾，聊乐我员"说的是不管东门那里美丽女子怎样多，多如天上来来往往的云，男子心仪的始终是那个身着青衣素佩巾的女子，唯有她才能使他欢欣。攀条摘香花，言是欢气息。他喜欢她的青衣素洁，任何时尚光鲜都比不了。

这样的借代方法一直沿袭至今。辛晓琪的《味道》就是一个典型例子：

想念你的外套，想念你白色袜子……和手指淡淡烟草味道。

其实，扪心自问，当你独自哼唱起这几句的时候，让你鼻子一酸的，从来不是什么外套和袜子，而是与之相似的经历和久久困守在心里的委屈；不是什么烟草味道，而是那个曾经让你魂不守舍、凄凄惨惨，穿着蓝色外套、白色袜子，身上有着淡淡烟草味道的人。

往事闪烁，尘埃荡起，不经意间记忆就会被这些尘埃蛊惑，提醒你打马回去。

人的感觉往往就是这样，声东击西，由此及彼，从而抵达更深刻的内心。

以至于《月亮惹的祸》撒下弥天大谎：

> 我承认都是月亮惹的祸，那样的月色太美你太温柔，才会在刹那之间只想和你一起到白头……

爱的深挚，情的沦陷，皆源于眼前人，心头恋，为何却让月亮背着黑锅圆圆缺缺到永年？

只因一份爱，让人心事缭乱，说不清，道不明。美是难的，爱更不易呢！

女子在城阙左等右等不见来人，急得来来回回走个不停，秀眉紧蹙，怨艾绵绵，埋怨她的那个他不及时来赴约，甚至连个音信也没有。

"纵我不往，子宁不嗣音？""纵我不往，子宁不来？""嗣音"，音信的意思。"宁不"，为何。我在读这几句的时候，感觉到小女子明显的委屈、任性和质问，寥寥数句，字里行间透露出女子的性情，小女子的娇嗔之态呼之欲出：

> 纵然我不曾去会你，难道你就此音信断？
> 纵然我不曾去会你，难道你不能主动来？
> 难道这就是你口口声声说的爱我？

这实在是一位极富性情的女子！面对恋人失约，她没有独自忧愁，怨天尤人，而是大胆表达自己的心思，直抒胸臆地问，勇敢无畏地说。

关于女主人公性情的大胆率真，我是这样理解的：其一反映了当时郑地劳动人民本色质朴，这首诗是那个时代民风民俗的真实写照。其二是因为害羞、忸怩是后来儒家文化的产物，刻意为之久了，也就风靡天下成样本了。

"我已多情，更撞著、多情底你。把一心、十分向你。尽他们，劣心肠、偏有你。共你。风了人、只为个你。"相比较，石孝友《惜奴娇》里的"野蛮女友"，她们一样青春烂漫，心直口快，像篱外桃花一样恣意惊艳。

"风了人、只为个你。"因为爱情，让爱着的人这般走火入魔，痴迷呆狂。

爱情就是这样简单，简单到情不知所起而一往而深，简单到连一秒钟都不想多等，却急着将长长的一生交付，和那个人天荒地老。

所以才有焦灼难耐的等待，才有等而不来的嗔怪。

第三章"挑兮达兮，在城阙兮。一日不见，如三月兮"将女子对恋人的思念推向高潮。"挑兮达兮"写女子往来徘徊、焦急心慌的状态。让我联想起豫剧《朝阳沟》里王银环的"走一步我退两步不如不走"，为爱踟蹰应该就是这个样子。

女子从城楼的这头走向那头，踮起脚尖向远处看，远方的远方依然很远，那个穿着青色衣服，戴着青色玉佩的他，总也没有出现。一时间，天也昏昏，地也沉沉，好像一天竟比三个月还漫长，度日如年。

"一日不见，如三月兮。"这感觉夸张但不夸大，入骨三分，非常靠谱。试问天下热恋的情人，谁不曾感同身受？

可怜世间尽是痴情种，后来愈发变本加厉，便有"一日不见，如隔三秋"的经年不衰。这是此诗的一个极富个性的比兴手法，流传至今。

《郑风·子衿》这首短诗，尺短情长，笔尽意无尽。

为什么会产生如此强烈的艺术效果？缘于诗中运用大量笔墨来刻画女主人公的心理活动，使女主人公等待恋人焦灼万分的情态如在目前。

钱钟书先生在《管锥编》中指出："《子衿》云：'纵我不往，子宁不嗣音？''子宁不来？'薄责己而厚望于人也。已开后世小说言情心理描绘矣。"至今，心理描写在文学作品中成为一种不可或缺的表现手法，此诗功不可没。

或许，正是因了这样一笺酣畅淋漓的情感倾诉，这一场恋情才如三月桃花汛，不被辜负。

二

其实，相爱中的男女，如果可以将心中的爱情不遮不掩、口快心直、大胆率真地表达出来，何其可贵。

电影《前任3：再见前任》上映后，引发了众多男男女女的热议，很多人在电影院观影时边看边哭，眼泪流得稀里哗啦。因为，他们从这部片子里，看到了曾经自己的影子。

男主角孟云和他的女朋友林佳，是一对儿相爱了五年的恋人。两人一起度过了艰难的创业时期，本来可以幸福地步入婚姻，却在一次争吵中，由于双方各自保持着不服输的倔强，凭着一时的任性，不肯向对方低头，不肯主动认错，冲动地提出分手。

分手后，虽然两人仍在心里彼此牵挂，彼此放不下，却缘于自尊心作祟，两个人都没有主动要求和解。

最终，当孟云意识到后悔时，一切都已太迟。相爱的他俩，越走越远，错失彼此。

感情的事，很多时候，人往往迷在当局，难得清醒。

"两个人散了是因为，一个以为不会走，一个以为会挽留。"影片开头，林佳在收拾行李时，虚张声势地来来回回走了几趟，等着孟云开口。孟云躲在客厅鬼鬼祟祟地偷看，明明舍不得她走，却不挽留。

倘若，林佳能痛快地向孟云道出心里所想，孟云怎么会不苦苦挽留？

假如，孟云能主动挽留，两人怎会就此分手，不像从前一样和好如初？

"我们会像紫霞仙子和至尊宝那样分开吗？"

"当然不会啊！"

"可是如果你不要我了呢？"

"那我就扮作至尊宝，去最繁华的街道，说一万遍我爱你。"

"那如果你不要我了呢？"

"那我就狂吃芒果，过敏而死。"

这是他们当初的承诺。

影片最后，林佳和孟云，两人践行了各自的承诺，义无反顾地践行；同时，义无反顾地背离他们的初衷——当然不会分开。

正是这样的结局，戳痛无数观众的泪点。人们忍不住一遍一遍地回忆、假设：如果孟云和林佳能像初恋时那样扶着甜蜜，热情坦率，对待爱情能像《子衿》里的女主人公一样毫无保留，无遮无掩，掏心掏肺，他们是否会是另一种美好的结局？

可惜，电影只是电影，故事仅是故事，没有如果。只有诗歌还在那里亘古流传。

当幸福的瓷器跌下神坛，一地情感碎屑，又将如何捡拾？

卫风·伯兮　　**为谁装扮为谁容**

伯兮朅兮，邦之桀兮。伯也执殳，为王前驱。

自伯之东，首如飞蓬。岂无膏沐？谁适为容！

其雨其雨，杲杲出日。愿言思伯，甘心首疾。

焉得谖草？言树之背。愿言思伯，使我心痗。

○今译：

　　我的夫君真威猛，他是邦国大英雄。我的夫君执长殳，他为君王打前锋。

　　自从夫君东征后，头发凌乱如飞蓬。脂膏哪样还缺少？为谁装扮为谁容！

　　天要下雨时想他，太阳出来也想他。一心想着我夫君，想得头痛心不甘。

　　哪儿能找忘忧草？将它种在屋北面。一心想着我夫君，让我伤心如病缠。

一

春风不送花草香，为他遥寄相思苦。相思苦，苦了谁？

爱情的天空下了雨，浇注着伊人春草般疯长的相思。相思是一种病，无边无际地侵略，蔓延，从三千年前病到如今。

其实，古代的爱情是稳定的，因为古代的家庭比较稳定。但有两类人，在爱情里相思成灾。一类是商人，一类是军人。

有一种相思叫守候。

"国之大事，在祀与戎。"古代中国各诸侯国之间关系比较复杂，西周到春秋中叶，社会矛盾一直很尖锐，矛盾演化的结果是战争。这些战争归根到底是边界问题，实质上是边境战争。有了边境战争，必然就有戍边的将士。

戍边的将士想念家乡想念妻儿，心潮涌动；留守在家园的妻子同样思念远征的夫君，望断肝肠。

于是，中国古诗歌的长卷里，专门为它们留下一类篇章，叫"思妇诗"。《诗经》，这个诗歌的总源头，也是思妇诗的源头。有人统计了一下，《诗经》中共有思妇诗十二首，譬如《王风·君子于役》，譬如《秦风·小戎》……

譬如《卫风·伯兮》。

《卫风·伯兮》是一首思念征夫的诗。女人的丈夫出征在外，女人茶饭不思，想到心碎。

我们已经无法考证这是哪一次战争，周代历时八百多年，前期有周公东征，后期有诸侯国混战，战事不断，考究具体是哪一次战争，确实很难。

其实，这不是最主要的。女人的相思，不会随着战争名称的变化、战事地点的变化而有任何改变。

但《卫风·伯兮》中的女人是自豪的。在她的心目中，身为贵族的丈夫高大威猛、杰出勇敢，他作为国家的英雄和栋梁之材，到前线去参战，为天子平叛。拿起武器，做王室先锋，女人为有这样英勇善战、敢于担当的丈夫心怀满足，与有荣焉。

歌曲《十五的月亮》，可以称得上《卫风·伯兮》的现代版：

十五的月亮，照在家乡，照在边关。宁静的夜晚，你也思念，我也思念。

我守在婴儿的摇篮边，你巡逻在祖国的边防线；我在家乡耕耘着农田，你在边疆站岗值班。

啊！丰收果里有你的甘甜，也有我的甘甜；军功章呵，有我的一半，也有你的一半。

"军功章呵，有我的一半，也有你的一半"和首句"伯兮朅兮，邦之桀兮。伯也执殳，为王前驱"一脉相承，自豪感充溢。

"伯"，表示男子在兄弟间排行第一位，这里转用妻子对丈夫的称呼，口气中充满亲切感。

可惜，自豪慰藉不了独自守候的相思苦。曾经，她依依不舍送丈夫出征到前线，痴痴盼望夫君早日凯旋。等了那么久，花开花谢，时光荏苒，服役的丈夫仍然没有把家还。

空房独处的她，神情落寞，兴致索然，为丈夫的安危忧心忡忡，为丈夫的冷暖牵肠挂肚。倍受相思煎熬的她，年复一年，日复一日，茕茕孑立，无以为念，徒然一腔幽怨。

再无心情打理自己，素面荆钗，粉黛不施，头发像蓬草一样凌乱无比。斯人独憔悴。

不是没有香粉脂膏之物，不是没有美衣华服，只因丈夫不在家，打扮得娇艳美丽，又给谁看？

爱美之心，女子尤甚。古代的女子，起床后的第一件事即梳洗装扮，"女为悦己者容"。可一旦丧失了爱的希望，美就变成可有可无之物。如今，所爱的人不在身边，独自在家的她，哪里有什么心思描眉画腮，花枝招展，无缘无故瞎折腾。

"首如飞蓬"这个经典意象，《卫风·伯兮》首开先河，后世竞相仿效。一代才女李清照的两首词中就曾有类似的描述。

在《凤凰台上忆吹箫》这首词中，词人写：

香冷金猊，被翻红浪，起来慵自梳头。任宝奁尘满，日上帘钩。

词人日上三竿才勉强起床，慵慵懒懒，无精打采，既无心情整理闺阁，更没心思对镜梳妆，以至于妆镜台上铺满厚厚尘垢，以此寄寓词人和丈夫赵明诚之间的生离之愁。

而在《武陵春·春晚》这首词中，易安又以"风住尘香花已尽，日晚倦梳头。物是人非事事休，欲语泪先流"的诗句，沉痛道出和丈夫的死别之痛。

是时，金人铁蹄大肆践踏南宋王朝，丈夫赵明诚突然病故，他们夫妻二人生前精心收藏的金石文物因战乱散失不少，漂泊无定的女词人，在战火狼烟中历尽坎坷，惨惨戚戚，内心苦楚无以言喻。并非矫情，"日晚倦梳头""欲语泪先流"，皆在常理之中。

对于古代女子而言，生活的全部内容是婚姻后的家庭，幸福的唯一来源和依靠就是丈夫。

东汉徐干的《室思》"自君之出矣，明镜暗不治。思君如流水，何有穷已时"也是这层意思。任心儿碎，人憔悴，霜白染，红颜为谁老？

相思的人儿，心甘情愿地辜负时光。等你，是时光赋予我唯一的意义，就像旱地待雨水。离恨总与雨相伴，愁绪恰如雨缠绵。

相思的人儿，最怕相思，最爱相思。因为，想着想着，那人就如在身旁。所以宁愿沉溺，任青山老去，淇水泱泱，立尽月黄昏：

思念是一种很玄的东西，如影随形，无声又无息，出没在心底，转眼吞没我在寂寞里，我无力抗拒……

二

屋子北面种着一种草，名叫忘忧草，真的能解除相思苦吗？她不知道。

但她不愿放弃这想，即使想得心绪恹恹，想得伤痕累累。

"愿言思伯，甘心首疾""愿言思伯，使我心痗"。热切的期盼和想念，无法抗拒的思念，让她为爱如此心甘情愿，正如宋人柳永的名句："衣带渐宽终不悔，为伊消得人憔悴。"因爱生痴，一片痴情可以想见。

思妇诗中的女主人公尽管支持丈夫报效国家，鼓励丈夫建功立业，但长期独处寡居，难免有愁苦伤痛的情绪。这些诗歌的基调从《诗经》一直延续到后世。东汉末年《古诗十九首》中就有这样的诗句：

行行重行行，与君生别离。相去万余里，各在天一涯。道路阻且长，会面安可知。

胡马依北风，越鸟巢南枝。相去日已远，衣带日已缓。浮云蔽白日，游子不顾反。思君令人老，岁月忽已晚。弃捐勿复道，努力加餐饭。

主人公因何而别难以考证，但"相去日已远，衣带日已缓"的情思是一样的。

杜甫的《新婚别》展开类似的故事背景：

兔丝附蓬麻，引蔓故不长。

嫁女与征夫，不如弃路旁。

结发为妻子，席不暖君床。

暮婚晨告别，无乃太匆忙。

君行虽不远，守边赴河阳。

妾身未分明，何以拜姑嫜？

父母养我时，日夜令我藏。

生女有所归，鸡狗亦得将。

君今往死地，沈痛迫中肠。

誓欲随君去，形势反苍黄。

勿为新婚念，努力事戎行。

妇人在军中，兵气恐不扬。

自嗟贫家女，久致罗襦裳。

罗襦不复施，对君洗红妆。

仰视百鸟飞，大小必双翔。

人事多错迕，与君永相望。

　　新婚的第二天，丈夫就要奔赴战场，新娘有着强烈的舍不得，却不得不强忍悲痛为丈夫宽心，鼓励他"努力事戎行"，并立下誓言，洗去红脂粉，脱下新嫁衣，一心一意苦等丈夫打胜仗归来，夫妻俩过上安安稳稳的幸福日子。诗歌以新妇的口吻倾诉离别的哀愁，抒发了先民面对战争的矛盾和复杂的心情，揭示了战争给百姓带来的巨大痛苦，和《卫风·伯兮》的主旨相近。

　　秋风起兮，李白的《子夜歌》唱彻着征妇深深的离愁：

　　长安一片月，万户捣衣声。秋风吹不尽，总是玉关情。何日平胡虏，良人罢远征。

许多相思离愁看似漫不经心，其实刻骨铭心。《伯兮》没有一字写相思，相思却溢于言表；没有一语诉离愁，离愁却跃然纸上。

只因，字里行间，都是心碎的守候。

邶风·匏有苦叶　　我明白你会来，所以我等

匏^{páo}有苦叶，济有深涉。深则厉，浅则揭。

有瀰^{mí}济盈，有鷕^{yǎo}雉鸣。济盈不濡轨，雉鸣求其牡。

雝雝^{yōng}鸣雁，旭日始旦。士如归妻，迨冰未泮。

招招舟子，人涉卬^{áng}否。不涉卬否，卬须我友。

○今译：

叶子枯干葫芦熟，济水深浅要先知。水深系着葫芦过，水浅撩起衣裳过。

济河茫茫河水满，岸丛野鸡叫得欢。济河虽满浸半轴，野鸡鸣叫为求偶。

大雁鸣叫声嗈嗈，东方天明晨曦露。你若真心来娶我，趁冰未融快过河。

船夫摆渡频招手，别人渡河我不渡。别人渡河我不渡，我在等待知心友。

同样是临水等待在水一方的恋人，《秦风·蒹葭》表达的是一位痴情男子可望而不可即的哀愁，《邶风·匏有苦叶》展

现的则是内心笃定的一位妙龄少女，翘首而望对岸的恋人来迎娶她的傲娇的小姿态。

匏，指的是爬藤植物葫芦，葫芦未成熟时果肉嫩白，可以作为蔬菜食用。

苦，通"枯"。叶子枯干，葫芦变得坚硬，瓜熟蒂落。成熟后的葫芦被风干后，常常被人们掏空内瓤。最普遍的用法是沿中间剖成两半，做水瓢舀水，所以民间又称匏为瓢葫芦。

被挖去内瓤的干葫芦还可以用作盛放东西的器皿，譬如酒葫芦、水葫芦、油葫芦等。

在《邶风·匏有苦叶》这首诗里，晒干去瓤的匏还有个重要的用法，就是做古代的"游泳圈"，如果把匏绑在腰间，涉水的人可以借助它的浮力，顺利渡河。想来，先秦的祖先何其智慧，懂得取法自然，物尽其用。人类的文明就是这样一点一滴奠基而成。

这是一个夏末初秋的清晨，河岸旁的匏瓜快成熟了，早先青翠的叶子渐渐枯黄萎落。茂密的藤蔓间，悬挂着大大小小青色的匏瓜，一个个在阳光下袒露着光溜溜的泛青的肚皮，煞是可爱。

一大早就赶到这里的女主人公，却无心欣赏这些。此刻的她，正伫立河岸旁，心无旁骛地等人，等待心爱的郎君过河前来和她约会。

女主人公一面等一面还想着甜蜜的心事：上次她和他见面的时候，正是初夏。那个时节，油汪汪的葫芦苗刚开出几朵洁白的小花，河水尚浅，他提着衣裳涉水而来。郎情妾意，你侬我侬，他们在河畔度过了一个愉快的下午，然后依依不舍地告别。他告诉她，过些时日，他会和族人一起来提亲，欢天喜地迎娶她到河的对岸去，和她在一起，再也不分离。

她把他的承诺放在心里，欢欢喜喜做事，魂牵梦萦，日思夜想。她期盼着某一刻，蓦然回首，他就站在她身后。

先秦时期河流密布，水草丰美，鸥鸟翔集。徜徉在古老的《诗经》里，弥漫的水雾扑面而来。

有"淇水在右，泉源在左。巧笑之瑳，佩玉之傩"的淇水濎濎；

有"河水洋洋，北流活活。施罛濊濊，鳣鲔发发"的黄河洋洋；

有"江有汜，之子归，不我以！不我以，其后也悔"的长江滔滔；

有"遵彼汝坟，伐其条枚。未见君子，惄如调饥"的汝水粼粼；

有"南有乔木，不可休思。汉有游女，不可求思"的汉水泱泱；

有"洧之外，洵讦且乐。维士与女，伊其相谑，赠之以芍药"的溱水和洧水河水汤汤。

而水面辽阔、水势浩荡的古济河，与长江、黄河、淮河并称"四渎"。济河发源于河南省西北部的济源市，这里北依太行山，西接王屋山，王屋山上的太乙池即济河的源头，河流向东潜流地下七十余里，到济渎和龙潭才涌出地面，形成济渎、龙潭两条河流，在济源市又交汇成一条河，至焦作市温县西北始名济水。在温县段再次以地下河的形式，穿越黄河，抵至荥阳后浮出地面，分为南济水和北济水，南济水流经原阳时第三次潜伏于地下，至山东后与北济水汇合，折向东北与汶水汇合，再转向东北入海。真可谓百折入海、神秘莫测。

在这个早晨，济河水势上涨，奔流不息，渡口一片汪洋。在河岸边等候恋人的女子情不能已地念叨："匏有苦叶，济有深涉。深则厉，浅则揭。"匏瓜的叶儿已枯黄，我这里的渡口水深难涉，你可要试试深浅呢？如果水浅的话，你还和从前一样撩起衣角而过；如果水深的话，你要将葫芦系在腰间做腰舟，借助腰舟的浮力，泅渡过河。

热恋女子的心思坚定而深情，坚定得不容置疑，深情地惦记和召唤。无论河水深浅，你都要赶紧过河来。腰系葫芦过河也好，撩着衣角蹚水过河也好。时光不待人，逝者如斯夫。

热恋女子的心思热切而细腻，为彼岸的恋人牵肠挂肚，望眼欲穿，体己话儿，如济水河面上跳跃的水泡泡一样，冒得滔滔汩汩。

恨不得立刻前来迎娶她的恋人，月圆花好，早结良缘。

瀰，状济河大水茫茫景象。女子唯恐恋人畏惧水势，迟迟不前，在诗歌的第二章中，她兴冲冲地补充道："虽然济河河水茫茫弥漫堤岸，但你千万莫要紧张和迟疑，河水并没有想象得那么可怕，只能漫过半截的车轮。水流并不湍急，风浪也并不喧噪。你听，河岸的苇丛里，正传来雌山鸡一声声求偶的啼叫，雄山鸡一阵阵喜悦的应答，多么欢快呀！"

诗中写"有鷕雉鸣"别有深意。此景此境，更勾起女子怀望恋人的迫切心情，雉鸣求牡，你呀，你呀，我等你已很久了，你怎么还不过河来？

无奈，远远的河面上，并未看见恋人的身影。

此刻，天已大亮，一轮旭日揭开晨曦的轻纱，冉冉东升，红彤彤的光辉映照着满河波光粼粼，空中有雁行轻盈地掠过，在"雝雝"的鸣叫声中，时而排成"一"字，时而排成"人"字。

大雁南飞，天气转凉，冬天的脚步已快要来临。你这个男人呀，假如你要来娶我，一定要赶在河水未结冰之前。

归，有迎娶之意。泮，指冰雪融化。

女子为什么这么急切地盼望出嫁呢？

一则两情相悦，盼望和爱人月圆花好。二则因为按照古俗，当济河的河冰融化的时候，农耕春种就开始了，农事繁忙，就不允许广大民众操办嫁娶之事了，以免耽误生产。在农耕时代，春种秋收是关乎人类生存繁衍的一件大事，不能不高度重视。《孔子家语》中即有这样的记载："霜降而妇功成，嫁娶者行焉；冰泮而农业起，昏（婚）礼杀（止）于此。"

如果你来得太晚，婚期被延误的话，花开花落又一年，真可谓黄花菜都凉了，女子怎能不着急得跺脚呢？

女子在河畔，伫立，瞭望，徘徊，时间却好像停滞不前的样子，一望无际的水面上，依旧烟水茫茫无人迹。

这时候，从南边的渡口，摇过来一艘摆渡的小船。一脸和善的船家看见河岸旁等待的女子，以为她着急渡河，向她频频招手，示意她上船，载她过河。

卬：代词，表示"我"。否：不。卬否：指我不渡河。

谁知，女子脆生生一笑，摆手拒绝，向船家大声喊道："不是的啊船家，你们，快过河去吧，你的船我不坐了。你的船今天我不坐，我在……等……我的好友……过河来……"拒绝得干脆果决，底气十足。

在诗歌的第四章中，"人涉昂否"一句，诗人反复来说，反复得意味深长，情态顿出。不经意间就展示出这样一幅鲜明讨喜的画面来：岸边的小女子一脸傲娇，向招手的船夫挥手拒绝，远远喊出自己的羞涩和喜悦，其玲珑飞动的眼神，红霞灼灼的脸庞，以及将恋人称呼为"朋友"的矫饰，栩栩如生，如在目前。读了此诗，才知道，男女"朋友"一词，自古有之。

诗中所彰示的似嗔似喜的微妙心理，又意在言外，让后人慢慢去品味琢磨，会心一笑。

胸臆直出，真实，不做作，正是这首诗的生动之处。

"我明白你会来，所以我等。"就像千年以后的湘西才子沈从文，款款深情表白心目中的知心恋人张兆和那般。《邶风·匏有苦叶》中的女子，相信她的恋人就是值得她托付一生的那个人，她深情不移地等，无怨无悔地等而再等，"必待其配偶而相从"（朱熹）。

因为全心全意地付出，一定会得到全心全意的爱情。女子才这么笃定、自信。她坚信，她的恋人绝没有三心二意，一定说到做到，热热闹闹地过河来迎娶她。

抑或，他正在过来的路上呢。

天蓝云白，水绿山青，两个有情人牵着彼此的手，蹚过这条河，之子于归，宜其室家，迎着满眼绿叶红花，做河岸上一户美满幸福的流水人家。

召南·摽有梅　　一颗多情的梅子

摽有梅，其实七兮。求我庶士，迨其吉兮！

摽有梅，其实三兮。求我庶士，迨其今兮！

摽有梅，顷筐塈之。求我庶士，迨其谓之。

○今译：

梅子纷纷落呀落，树上还留七成多。有心求我的小伙子呀，
莫犹豫错过吉日良辰。

梅子纷纷落呀落，树上仅留三成多。有心求我的小伙子呀，
今天过来不要再拖延。

梅子纷纷落呀落，连筐带果一起送。有心娶我的小伙子呀，
快快开口你莫要迟疑。

一

　　汤显祖《牡丹亭》"闺塾"一出中，教书先生陈最良最是
迂腐透顶，将《诗经·关雎》以"后妃之德"授传给女学生杜

丽娘。不曾想丽娘冰雪聪明，一句"窈窕淑女，君子好逑"唤醒丽娘青春期骚动，随后后花园里就上演了这么一出小女子的闺中怨：

原来姹紫嫣红开遍，

似这般都付与断井颓垣。

良辰美景奈何天，

赏心乐事谁家院？

朝飞暮卷，云霞翠轩，

雨丝风片，烟波画船。

锦屏人忒看得这韶光贱！

这段唱词耳熟能详，流传甚广的原因大概不止音韵和美这一个缘由吧。

"锦屏人"指的就是闺中女杜丽娘。"韶光"指美丽的春光，暗指女儿家的青春。

丽娘被满院桃红柳绿、万物复苏所蛊所惑，春心萌动，不禁为自己大好春光、美好年华白白流逝深深惋惜，于是春情骀荡，蠢蠢欲动。

"吾今年已二八，未逢折桂之夫；忽慕春情，怎得蟾宫之客？"此一时，追求青春幸福的美少女杜丽娘的小心思、小愿望一览无遗。于是乎，就有了后面扑朔迷离的神神鬼鬼、游园惊梦，以及和柳梦梅的生死爱恋。

在这部作品中，主人公杜丽娘追求爱情的信念特别率真坚定、缠绵执着。

常言道：天下情种是男子，而临了爱情的火山口大胆而决绝的却多为女子。当垆卖酒的卓文君算一个，杜丽娘自然也当仁不让。早在先秦时代，《诗经·摽有梅》已有勇敢女子率先垂范。人性中这些相通的东西，就是这样一代一代前仆后继地传承下来的。

《摽有梅》写一个妙龄少女，看到韶光将尽，内心茫然，心中倍感失落纠结，翘首企盼有翩翩少年前来向她求婚。可是，等到花儿落了，连树上的果子都开始落了，也未等来一个好夫婿。

树上的梅子落呀落到剩下七成，又落呀落到只剩下了三成，那个人没有来；直至悉数落尽……那个人依旧没有来。

"锦屏人忒看得这韶光贱"，不过一个苍凉冷冽的手势，少女黯然神伤，凄凄惨惨戚戚。这是多么不得已的一件事情。

二

《摽有梅》堪称最古老的一则征婚启事，字里行间浸透的是寂寞女子流淌于岁月韶光里的深情期盼，少女勇往直前追求爱情的勇气值得嘉奖。

龚橙《诗本义》说："《摽有梅》，急婿也。"一个"急"字，见真髓也。

其因何而急？这是一个值得深究的问题。

"男大当婚，女大当嫁"在当时是最自然不过的事情，《国语·越语》中记载，越王勾践曾下令，女子十七不嫁，男子二十不娶，父母有罪。

这个诏令俨然是苛刻的，女子十七，男子二十，在今天来说这个年龄稚气未脱，正是风华正茂读书时，极不适宜婚娶，但在古时候自是另当别论。

远古时代，男丁，从田力。早婚早育，是为了繁衍人口，保持"外无旷男、内无怨女"的良好社会状态，这对于以农耕为主的封建社会来说，乃是至关重要的头等大事。为此，当时政府特地制定了相关政策：

《周礼》规定，"仲春之月，奔者不禁"。当然，"奔者"必须符合礼制规定的条件，那就是：男子超过三十岁，女子超过二十岁。也就是所谓的大龄未婚青年。只要符合这两个硬性条件，仲春时节，男方向女方打一声招呼（即诗中第三段"迨之"），就可以不经过严格、烦琐的礼仪程序，诸如父母之命，媒妁之言等而自由恋爱，成就婚嫁。

今日看来，这是多么合民情、多么可爱的惠民政策啊！想来，《出其东门》《桑中》《东门之杨》等诗篇都是这项政策的具体体现。

在这样的政策号召下，诗中的女子如思春的鸟儿一般，呼朋引伴，急不择言。这是其中一急。

梅子落啊落，时光幽幽过。哪儿是梅子落，分明是自家身世。

姑娘急盼一个如意郎君来把她手儿牵，双双步入婚姻的殿堂，却没有一个中意的人选来求婚，这事搁到谁身上都急。

如陈奕迅《红玫瑰》里唱的那样：得不到的永远在骚动，

被偏爱的都有恃无恐。在这样的现状里，女子顾不得矜持，顾不得礼数，热情主动，急不可耐地寻觅，呼唤爱情，真个是"闺中女儿惜春暮，愁绪满怀无处诉"（《红楼梦》）。此乃第二急。

再者，急的是姑娘的呼唤，三章重唱愈来愈迫。"其实七兮""其实三兮""顷筐塈之"，直接写梅子由繁茂而逐渐衰残的样子，这正是女子心忧所在，她不得不一遍遍地提醒"庶士"："花枝堪折直须折，莫待无花空折枝。"其中，第一章"迨其吉兮"姑且从容；第二章"迨其今兮"已见心焦之色；至末章"迨其谓之"则迫不及待，真情毕现，恨不能立马成为新嫁娘。

爱情是深埋在她心底的女儿红，只等着有缘的人来启封。只待那良人来，把那城门打开。

至此，一个大胆直率、既矜持又泼辣的小女子形象跃然纸上。

《诗》三百曰"思无邪"，如此情真意切又可爱至极。分明听得到梅子落地之声，此情此景，那女子的可爱早已溢出画面来，着实让人怜惜了。

《摽有梅》是很有名的一首诗，成语"摽梅之年"出自这里，意即梅子成熟后落下来，比喻女子已到了出嫁的年龄。

树上的梅子落了千年，少女的爱情唤了千年。

当我们轻声吟咏的时候，眼前就袅袅娜娜地走来一个天真的女子，她有着天下最天真的情思，那么勇敢，又是那样的聪明。梅子熟了，而她，不就是一颗最美丽多情的梅子吗？

小雅·菁菁者莪　　兰生幽谷, 扬扬其香

菁菁者莪，在彼中阿。既见君子，乐且有仪。

菁菁者莪，在彼中沚。既见君子，我心则喜。

菁菁者莪，在彼中陵。既见君子，锡我百朋。

泛泛杨舟，载沉载浮。既见君子，我心则休。

○今译：

　　那青青的莪蒿真茂盛呀，一片葱茏生长山坳里。而今见到我思念的君子，他有威仪我多快乐。

　　那青青的莪蒿高又长，一簇一簇生长在沙洲上。今日见到我思念的君子，不由得心里乐悠扬。

　　青青莪蒿郁郁又葱葱，一丛丛长在高高山陵中。今天见到君子日思夜想，好比赐我海贝百朋。

　　杨木小舟随波荡悠悠，载沉载浮在水中自漂流。已然见过我想念的君子，我的心里再无烦忧。

　　习习谷风，以阴以雨。

　　之子于归，远送于野。

何彼苍天，不得其所。

逍遥九州，无所定处。

世人暗蔽，不知贤者。

年纪逝迈，一身将老。

——《幽兰操》

相传，这首《幽兰操》是精擅琴艺的孔子自感老之将至、生未逢时的一首作品。夫子华夏大儒，拥有弟子三千，学富五车，著书立说，但政治上不得意，仕途上颠沛流离，使他难以实现建功立业的雄心壮志，心中始终有此遗憾。所以，彼时，夫子寄情于深谷幽兰，自抒情怀。

其实，"兰生幽谷，不以无人而不芳"是夫子思想深处一贯秉持的自信和豁达。他曾对弟子子贡言："沽之哉，沽之哉，我待贾者也！"故而，儒家有"入世"之说，主张要积极寻求实现自身社会价值的机会。在他看来兰花虽隐幽谷中，但其香扬扬，就是一种积极的寻求。孔子反对贤者隐居山野，消极避世，主张如遇"王者采而佩之"，就要摒弃私心、毫无保留地为国效力。

夫子亦是这样践行一生的。但每个人心中都会偶尔有一些软弱，圣贤也在所难免。所谓铁血柔情，这就是《幽兰操》的由来。而这也是最打动人心的地方。

唐代诗人韩愈自感历经苦寒，遭受打击，乃作同名作品唱和孔子的《幽兰操》。影片《孔子》主题曲的歌词正是改编自韩愈的诗作。它汲取了史诗与英雄传说的浩渺气质，带着兰花冷漠的美艳，诉说着人生的变动和永恒。

> 兰之猗猗，扬扬其香。
>
> 众香拱之，幽幽其芳。
>
> 不采而佩，于兰何伤？
>
> 以日以年，我行四方。
>
> 文王梦熊，渭水泱泱。
>
> 采而佩之，奕奕清芳。
>
> 雪霜茂茂，蕾蕾于冬，
>
> 君子之守，子孙之昌。

兰花开时，在远处就能闻到它的幽幽清香。如果没有人采摘兰花佩戴，对兰花本身有什么损伤呢？

寒冷的天气里，兰花的小小苞蕾，静静地在孕育和积聚花开的力量，默默地等待花期。兰之所以有王者之香，是因为在寒冬中孕育了花蕾，一个君子是能处于不利的环境，而保持他的志向和德行操守的。

君子如玉，君子如兰。

读《小雅·菁菁者莪》，恍然看见一位如兰一般奕奕清芳的君子款款走来，其清雅的外表和高洁的情操如日月般光耀。

本诗的主旨，《毛诗序》说是"乐育才"，朱熹《诗集传》则批评《毛诗序》"全失诗意"，认为"此亦燕饮宾客之诗"。现代人一般认为这是古代女子相遇心仪男子之歌。

全诗三章，均以"菁菁者莪"起兴。菁菁，草木茂盛的样子。莪，莪蒿，又名萝蒿，指一种可吃的野草。

在某一个晴朗的天气，女子在莪蒿茂盛的深山里，邂逅一位性格开朗活泼，仪态落落大方，举止从容潇洒的男子，两人一见钟情，在女子内心深处引起了强烈震颤。

"既见君子，乐且有仪"是男子在女子心目中的初印象。男子既有威仪又有好性情，快乐的样子让人感觉很亲近，人生若只如初见，女子一下子被他深深吸引。就像白娘子初遇许仙，杜丽娘一见倾心柳梦梅。情不知所起，一往而深。

是啊，哪个少女不怀春，哪个少男不钟情？既见君子，乐且有仪。你是郊外蓬勃的原野，你是枝头初绽的新绿，唤醒我关于春天的所有记忆。

有了第一次的你来，就有了第二次的我往。

不久之后，相互爱慕的两个人在水中沙洲上喜相逢。此时的沙洲上已然不寂寞，也用不着拣尽寒枝栖，作者用一个"喜"字写怀春少女遇到心仪的人儿既惊又喜的微妙心理。见到文雅清秀、扬扬其香的那一个，自然，喜字都禁不住要颠倒再颠倒。

诗人说："如果生命的春天重到，古旧的凝冰都哗哗地解冻，那时我会看见灿烂的微笑，再听见明朗的呼唤——这些迢遥的梦。"好像，这一组迢遥的梦正在轻叩向晚的窗棂。

经历了再一再二，余下即是再三再四。

两人见面的地点从绿荫覆盖的山坳、水光萦绕的小洲转到了阳光明媚的山丘上，暗示了两人关系的逐步推进。"锡我百朋"一句，写女子见到奕奕清芳的男子后喜不自禁，高兴得胜过得到百朋海贝的奖励。锡，赐的意思。百朋，上古以海贝为货币，五贝或十贝一串，两串为"朋"。女子得到这样大的赏赐，就像中了百万大奖，心仪的人儿就是她的百万大奖，有这样如兰如玉的好人儿相伴一生，敢不飞扬抑或癫狂？

飞扬和癫狂的结果是，满载爱意的杨木小舟，在清河之上轻快悠游，顺水漂流。河面上有歌声荡漾，伴着此起彼伏的欢笑。和心爱的人在一起，女子怎不兴致勃勃，心满意足。

刘勰云："岁有其物，物有其容；情以物迁，辞以情发……诗人感物，联类不穷。流连万象之际，沉吟视听之区；写气图貌，既随物以宛转；属采附声，亦与心而徘徊。"

所以，"泛泛杨舟，载沉载浮"一句我们更愿意这样理解：两人携手人生长河中，同舟共济，同甘共苦，一起过着快乐自由的生活。

"载沉载浮"一句喻示着生活免不了会有艰辛和磨难。但是，不管是一帆风顺，还是逆水行舟，他们都会永远在一起，执子之手，同舟共济。只要心仪的人儿一生长相伴，女子永远觉得幸福。

既见君子，我心则休。那一刻的悸动，为你留住最初的芬芳。这，是最好的收梢。

卫风·木瓜   没有比两情相悦更好的了

投我以木瓜，报之以琼琚^{jū}。匪报也，永以为好也！

投我以木桃，报之以琼瑶。匪报也，永以为好也！

投我以木李，报之以琼玖。匪报也，永以为好也！

○今译：

你将木瓜投赠我，我拿琼琚来回报。不是为了答谢你，是和你珍重情意永相好。

你将木桃投赠我，我拿琼瑶来回报。不是为了答谢你，是和你永结爱情的信号。

你将木李投赠我，我拿琼玖来回报。不是为了答谢你，是和你恩恩爱爱永相好。

一

俗语言"男追女隔座山，女追男隔层纸"，是说女人一旦主动发起爱情攻势，准能轻而易举地攻城略地，俘获爱侣。

不过，我对这种说法始终抱着质疑的态度，认为那层纱不是一般的厚。透不透，因人而异。

譬如《摽有梅》里挂在梅树上唱歌的女子，面前隔的就是一块厚厚的纱，让她只能空空慨叹，望"郎"兴叹。等啊等啊，日日夜夜，等到树上的梅子三三两两地落光，还是未等到她的君。孤独一枝，暗自神伤。

相比之下，《木瓜》里的女子就要幸运得多。

《木瓜》为我们讲述了一个动人的爱情故事。

蛾眉弯弯、身材窈窕的小女子正站在高高的树上采摘成熟的木瓜。采呀采，树上的木瓜金黄黄，手里的木瓜清清香。小女子呀，心呀心欢畅。

忽然间，从小路上走来一袭青衫，与她眉目相映。"青青子衿，悠悠我心"——似曾相识，芳心大乱。此男子不就是魂牵梦萦的那一个？于是，来不及搭讪，手疾眼快的她，抓起一枚黄灿灿的大木瓜急急投向男子。多么紧张的一投啊，手心里早已沁出满满的汗。怕只怕，错过一瞬，就错过一生一世。

聪明的，这一投，不只是木瓜吧。所谓的情投意合，难道不是投情、合意？

于是，这只落在书生头上的木瓜，见证了一段爱情佳话。

青衫磊落的男子，虽然书生意气，却一点儿也不木讷。其实，他已关注树上的女子良久，亦被神采飞扬的她吸引，为她无羁的个性和似火的热情所倾倒。

他满心喜悦地取下随身佩戴的家传玉佩作为定情物，执手相赠，一并送出去的还有他对她的许诺：这块玉佩是我的一点小意思，让它来见证我俩的玉石之约，自此你我永远相爱，恩爱到白头（永以为好）。

一曲喜相逢的独幕剧落下帷幕。而旁观的你我还没有从场景中离席清场，慨慨然心生期许：

如果，我们的爱情都有这样的相逢，该有多好；

如果，所有爱着的男、女，都有"投"有"报"，该有多巧。

后来，《木瓜》里的爱情就成为人类永远渴慕的理想爱情，及至，千年万年，仰之弥高。

投木报琼的男子，令后世浪漫多情的女子念念不忘。

二

诗中"投瓜报琚"之举，反映的是当时青年男女可以自由选择对象的社会风俗。

先秦时期，生产力还十分落后，农业生产还不发达，社会财富的产生，主要靠狩猎和采集。那时候地里种的最多的是桑树，可以养蚕、制丝、做衣服，解决穿衣的问题。除此之外，就是一些果树。男人要进山打猎，做重体力活，采果子的事情自然就交给女人了。

男女恋爱，也不可避免地体现了这种劳动分工。

"高高的树上结槟榔，谁先爬上谁先尝。谁先爬上我替谁先装。少年郎采槟榔，小妹妹提篮抬头望。"台湾槟榔树多，男子爬树采槟榔，女子在下面提篮装。耳熟能详的台湾歌曲《采槟榔》，就带着浓厚的劳动分工的特征。

就地取材，赠以果蔬来传情达意，是女子通用的方法。至今在西双版纳傣族一带还可以看到这一遗俗的影子，在傣族男女双方欢天喜地互唱情歌答对之时，女子会主动邀请心爱的男子坐在自己身边，以槟榔果相赠。

早在六朝时代，以靓男称号闻名于世的潘安就有"掷果盈车"的传奇故事后世流芳。据说，潘公子的形象不是一般的帅，"姿容既好，神情亦佳"，帅得天下无敌。年轻时，他乘车到洛阳城外郊游，惊得途中妙龄少女们怦然心动，"回头率"甚高。有的花痴姑娘竟忘情地跟着他的车一直走，走至迷路而不知返。还有的怀春少女看难以亲近他，就向他投掷心爱的水果，让他每每满载一车而归，买水果的钱省下不少。

以至于后来，"檀奴"或"檀郎"顺理成章地成为俊美情郎的代名词。

李煜《一斛珠》里有这样一个场景："烂嚼红茸，笑向檀郎唾。"写娇媚的女子把红茸线扯下来，含在嘴里轻启朱唇嚼啊嚼，嚼完之后娇笑着吐向心上人。极其香艳诱人的一个场面，让人想入非非。这里，"檀郎"指的是李煜自己。

"掷果盈车"后续还有个更为有趣的男性版东施效颦的故事，说有个叫张孟阳的奇丑男子，羡慕潘安至极，竟不知天高地厚地学着潘安的样子赶着大车去郊游。妇人们看到他厌恶至极，就往他车上吐唾沫，扔石头。结果他出来一趟，水果没收得一个，口水和石头倒是满载而归。

三

　　这首让人津津乐道的《木瓜》，生发出成语"投木报琼"。但遗憾的是，和它意思相近，都是比喻朋友间相互赠答、礼尚往来的另一个成语"投桃报李"名气却大得多，也流传得更广远。

　　不过，相比较诗歌来说，有"投我以桃，报之以李"之句的《大雅·抑》，名气却相形见绌。

　　诗中所指的木瓜、木桃、木李其实就是现在我们喜欢吃的木瓜、桃子和李子。"琼琚"指精美的玉佩，"琼瑶"和"琼玖"也都是精致的美玉。在我们的中华大辞典里，所有王字旁的汉字，几乎都同玉石有关。这几个表玉石的字整整齐齐地站在诗里，真一个璀璨壮观。

　　以美玉做配饰是爱美的姑娘们的最爱，故而《诗经》时代，男人们就知道投其所好，把这些美玉送给心爱的女人，取悦芳心。《女乐鸡鸣》中有"杂佩以赠之"，写的是丈夫送杂佩给妻子；《丘中有麻》中有"贻我佩玖"，写的是男子将佩玉送给情人。心爱的人相赠以玉，永以为好。美玉无价，真挚的爱情亦无价。

　　读过《木瓜》一诗，除了要盛赞一声女子的热情活泼以及大胆求爱之外，更多的还是对男子的赞佩，人们似乎更喜欢《木瓜》中的这个有责任有担当、磊落大方、温润如玉的男子。

　　喜欢他的真，喜欢他的豪气。此诗朗朗上口，朗的即是这份豪气，执着率真，大气大方。不似《大车》男子的傲慢，不似《蒹葭》男子的缠绵，此诗中男子的真挚、朴实之情溢于言表。

春秋时代崇尚"君子比德于玉""君子无故，玉不去身"，可谓见玉如见人。也足以说明，玉对一个男人很重要。

孔子云：

昔君子比德于玉焉。温润而泽，仁也；缜密以栗，知也；廉而不刿，义也；垂之如坠，礼也；叩之其声清越以长，其终诎然，乐也；瑕不掩瑜，瑜不掩瑕，忠也；孚尹旁达，信也；气如白虹，天也；精神见于山川，地也；圭璋特达，德也；天下莫不贵者，道也。

玉的美是温润的，不张扬而有气度。玉的美是柔韧的，是一种与生俱来的高贵品位。在华夏古老的文化中，玉一直是纯洁、美好、善良、高雅、尊贵、品位的化身。沉静自适如玉般的男子让女人有安全感，让人珍惜。

你赠给我果子，我回赠你美玉，与"投桃报李"有所不同，回报的东西是"我"最珍贵的物品，价值要比受赠的东西贵重得多，这样的举动，充分体现了一种人类的高尚情感。

另外，喜欢他的坦荡和诚意。"匪报也，永以为好也！"春风在怀，襟袖坦荡，令人无限欣慰和感动。

爱若有口无心是可耻的，爱若有心无口是可悲的。

《木瓜》诗中，难得的是一份男人的担当，掷地有声；一份爱的执意，郑重其事。让他爱着的女子心里感觉踏实许多，平添一份勇敢面对的力量。让吟咏的我们内心浮漾一层柔软，来抵御红尘的冷酷。

齐风·猗嗟　　春秋时代的"男神"

猗嗟昌兮，颀而长兮。抑若扬兮，美目扬兮。
^{yī}

巧趋跄兮，射则臧兮。
^{qiāng}

猗嗟名兮，美目清兮，仪既成兮，终日射侯。

不出正兮，展我甥兮。

猗嗟娈兮，清扬婉兮。舞则选兮，射则贯兮。
^{luán}

四矢反兮，以御乱兮。

○今译：

　　哎哟这人多么健壮啊，他的身材高大又颀长。前额方正啊气宇轩昂，双目炯炯秀美又漂亮。他进退奔走敏捷矫健，箭无虚发技术太精良。

　　哎哟这人多么精神啊，眼神澄澈美丽又清明。一切仪式稳当地完成，终日射靶他毫无倦容。箭无虚发根根中靶心，真不愧是我的好丈夫。

　　哎哟这人英俊还可爱，他眼睛清澈动作潇洒。舞蹈的动作多么动人，他箭出穿靶箭不虚发。四矢同中箭靶的中央，抵御外患一定本领强。

在网上曾看到过一个炒得很火的帖子，是张宏杰先生撰写的《中国人的性格历史：明清与春秋时的中国人简直是两个不同的物种》。虽然某些观点稍显激进，但关于春秋时期人物性格的论述还是让人眼前一亮：

先说尚武精神。春秋时代，贵族个个下马能文上马能武，侠客遍地，武士横行，一言不合就拔剑相斗。那时的中国人，不喜欢一步三摇弱不禁风的白面书生。不论男女，皆以高大健硕为美。所以《诗经》言庄姜之美，必先言"硕人其颀"；写鲁庄公之美，必说他"猗嗟昌兮"。那个时代美男子的标志是大个子、卷头发、浓胡须，最好还带点狐臭味儿。《齐风·卢令》赞美猎人，就说他"美且鬈，美且偲"，即卷发多须。同样，《陈风·泽陂》中说"有美一人，硕大且卷，有美一人，硕大且俨"，于是令女主人公心生爱意，在单相思中苦闷不已。春秋战国时代，那些争雄竞长的大国，个个都强悍好战。《诗经·秦风·无衣》中有注说："秦人之俗大抵尚气概，先勇力，忘生轻死。"班固在《汉书》中也说："秦之时，羞文学，好武勇。"东方大国齐国民风剽悍，百姓都是急性子、倔脾气，和今天的韩国人差不多。贵族们常在道路上驾车相撞，国家立法也不能禁止。

文风快意恩仇，文史知识随手拈来，可谓透彻，可谓博识。阅读了《诗经》中的这类作品，我不得不为作者的真知灼见赞佩。

譬如这首《齐风·猗嗟》，写的是鲁庄公射箭技术高超，高大健硕之美。正如上文所言，这样的人才，确实称得上下马能文上马能武。

鲁桓公死后，十二岁的姬同继位，就任鲁国第十六任君主。此时，十二岁的他，已经出落得身材颀长，眉清目秀，英气逼人。

文姜很爱她这个儿子，在他身上付出很多心血，希望他可以称霸诸侯。

强国须有强君。鲁国的士大夫和王室也为有这么一个聪敏灵秀的继承人倍感欣慰，他们投入很多精力悉心栽培他，并在全国范围内招募各方名士，来教导庄公礼仪和箭术。

春秋战国时期，诸侯宴请宾客时的礼仪之一就是请客人射箭。那时，成年男子不会射箭被视为耻辱。所以，作为一国之君，礼仪和箭术乃左膀右臂，同等重要。

名师出高徒。再加上鲁庄公天赋异禀，领悟力强，到十六岁时，就学成了各种礼仪，各种技艺，并且射箭本领非比寻常。箭无虚发，百步穿杨，在当时的鲁国已是无人能及的了。《左传·庄公十一年》记载，宋国的大将南宫长万，就是在乘丘之战中，被鲁庄公用金仆姑一箭射倒车下，成为鲁国的阶下囚。

金仆姑，箭名。这个名字特别憨直可爱，关于它的来历还有一个典故：

鲁人有仆忽不见，旬日返，道："臣之姑得道，白日升天，召臣饮于泰山，极欢，不觉旬日，临别赠臣金矢一乘，曰此矢不必善射而准。"试之果然，因以金仆姑名之。

春秋时代的人们多么率真，多么性情，从"金仆姑"这个名字的出处可见一斑。自后鲁之良矢皆以此名。

唐朝欧阳詹《送张骠骑邠宁行营》一诗中就有此良矢："宝马雕弓金仆姑，龙骧虎视出皇都。扬鞭莫怪轻胡虏，曾在渔阳敌万夫。"

鲁庄公称得上文武全才，难得的是他还天性仁慈宽厚，不滥杀无辜。

鲁庄公四年时，十六岁的他，就和齐襄公一同狩猎，后齐、陈、郑三国缔结同盟。从那时候起，这个高大英俊、宽宏大量、礼仪周全、箭术高强的鲁国国君就天下皆知了。

鲁庄公八年，齐公子纠与管仲逃到鲁国。次年齐桓公发兵击败鲁国，鲁国杀子纠。齐国想向鲁国索回管仲。管仲乃将相之才，鲁人施伯认为齐国欲重用管仲，日后齐国壮大，将会对鲁国很不利，劝庄公杀管仲。庄公不听，把管仲归还齐国。

鲁庄公十三年（公元前 681 年），鲁庄公会齐桓公于柯，曹沫劫持齐桓公，逼他退还齐国侵占鲁国的土地，桓公答应后才释放他。桓公欲背约，管仲力谏之，齐国终于归还之前侵占鲁国的土地。

正所谓播种善良，才会收藏希望。管仲的行为也算是知恩图报。

《猗嗟》诗分三章，每章内容分为两个部分，一是赞美形象之美，二是赞美技艺之高。清人姚际恒《诗经通论》评此诗"三章皆言射，极有条理，而叙法错综入妙"。

猗嗟，犹"吁嗟"，叹美之词，相当于现代汉语中的"啊"

或"啊呀"。诗歌以此发端,先声夺人,让一种情绪带着杀伤力,冲到你的骨头里,打动你,影响你,提醒你需要特别注意诗人所要赞美的人和事,为下文描写鲁庄公的形象和技艺,渲染烘托。

诗在描绘鲁庄公形象时,重点突出他的强壮之美。"昌",粗壮结实的样子;"颀"和"长"形容人长得高大。

于是,字里行间,站起一个膀大腰圆、健硕壮实的男子。这样的男人,成为一名优秀的射手,是不足为怪的。

眼睛是心灵的窗口,诗中这扇打开的窗口是以美为内容的。

"美目扬兮""美目清兮""清扬婉兮",三句诗中的"扬""清""婉",旨在刻画他眉目之清秀、眼波之清亮、眼光之柔顺,也就是人之神韵,人之神采。

气宇轩昂、神采奕奕的神射手啊,挽弓当挽强,用箭当用长。他射出的箭矢,根根都带着眼睛在飞。

除以上两方面外,诗章还赞美鲁庄公"巧趋跄兮",步履矫健,走起路来健步如飞;"舞则选兮",身手敏捷,动作优美。意气风发的他具有优秀射手不可或缺的身体素质。

"射则臧兮"言及射技之精;"终日射侯"言及箭不离手,勤学苦练。先秦时期,人们极其重视礼仪教程,即便请人射箭,也有约定俗成的规矩,地位、身份不同,仪式的内容亦有所不同。

"射侯",指的是贵族举行的射仪。在做靶子的地方,放置一个木架,架上加一个方形兽皮,就叫"侯"。再在"侯"上加一块小的圆形白布,就叫"正"或者叫"的"。

"不出正兮"一句赞美他射则必中的技艺;"射则贯兮"

赞美他的连射技术。这种连射不是两箭、三箭的重复入孔，而是"四矢反兮"，连续四箭，箭箭中的，堪称百发百中，实乃神射手也。

练就这么强的技艺何以用？出身尊贵，这么优秀，还这么勤奋，岂是碌碌无为之辈？

自然，有志向的男子以保家卫国守边疆为己任。"以御乱兮"一语，是全诗的结束，亦是升华，使人物形象趋于外表和内心的完美统一，提高了诗章的基调，奏响这首颂歌的最强音，有余音绕梁之功效。

一个男人，徒有孔武有力的外表是远远不够的，更需要坚强的内心和强烈的社会责任感。好男儿建功立业，好男人兴国安邦。

苏东坡在《江城子·密州出猎》中亦有此英雄壮举：

老夫聊发少年狂，左牵黄，右擎苍，锦帽貂裘，
千骑卷平冈。为报倾城随太守，亲射虎，看孙郎。
酒酣胸胆尚开张，鬓微霜，又何妨！持节云中，
何日遣冯唐？会挽雕弓如满月，西北望，射天狼。

和《齐风·猗嗟》一样，这首词具有强烈的画面感，让人身临其境。首句"老夫聊发少年狂"劈空而来，充满激情和冲动。让我们仿佛看到东坡左手牵黄犬，右臂驾苍鹰，俨然一副狩猎雄姿。随从武士个个锦帽貂裘，英姿飒爽，千骑奔驰，腾空越野，威威乎壮大倾城的出猎场面。

虽然东坡自诩自己年事已高，鬓发微霜，却仍希望朝廷能像汉文帝派遣冯唐去云中赦免魏尚一样，对自己委以重任，骏马奔驰保边疆。

那时的他，"会挽雕弓如满月，西北望，射天狼"。何其豪兴勃发，何其英雄豪迈！

国有危难，士则一马当先。自古如是。

在春秋的长河中，鲁庄公只是一滴小小的水珠，即使在鲁国的历代君主中，鲁庄公也不是最突出的。但是，他高大英俊，是豪门公子。他善骑射，射箭本领强，是优等生。他使鲁国这个弱小的国家，在诸侯争霸中，有一些波澜壮阔，有一些熠熠生辉，算得上是"成功人士"。

这足以成为春秋那个时代的"男神"。

卫风·考槃　　一切自有最好安排

pán　　　　　　　　　　　　　　　　xuān
考槃在涧，硕人之宽。独寐寤言，永矢弗谖。

kē
考槃在阿，硕人之薖。独寐寤歌，永矢弗过。

考槃在陆，硕人之轴。独寐寤宿，永矢弗告。

○今译：

在山涧边建造木屋的隐士，他身材伟岸啊他心怀宽广。独睡独醒自言自语多自在，他发誓不违背隐居的高洁理想。

在山岗上建造木屋的隐士，他身材伟岸啊他心神疏朗。独睡独醒自吟自唱多快活，他发誓今生就此锁定这样的欢乐。

在高坡上建造木屋的隐士，他身材伟岸啊没人知道他心底的愉悦。独睡独醒自起自卧多逍遥，他发誓绝不向人们泄露此中的快乐。

读《卫风·考槃》，脑海里就会飞旋出苏东坡的诗句"人间有味是清欢"。心静世事清，有闲乃有欢，所谓清欢。

《卫风·考槃》歌咏的是一位隐士隐居山林、独善其身的生活，称得上后代隐逸诗歌之宗。也有资料记载孔子语录说："吾于考槃，见遁世之士而不闷也。"据说，这是关于《考槃》

的最早解释。此番见解由编纂和整理《诗经》的夫子提出来，应该是具有权威性的一说。

在这首诗里，诗人真切地道出隐居之乐，乐在心静，乐在闲情。

关于对"考槃"的解读，一种意见说：考，扣匜。槃，同盘，一种器皿，敲盘为乐。意思是这个狂放贤人，面对一泓清溪，敲打盘子自吟自唱。不用说，这是豪放派的。

另一种解释是：考，筑成，修建。姚际恒《诗经通论》引《左传》"考仲子于宫"句，来说明这个"考"字，是筑造、建设的意思。槃，木屋。方玉润《诗经原始》引黄一正曰："槃者，架木为室，盘结之意也。"从"槃"的字形也可以说明，考槃就是修建一座木屋。

我比较看好后一种说法，很符合现代人的浪漫心思。

试想，在斗折蛇行、明灭可见的山涧流水之畔，筑一木屋，铺一张床，拥几册书，有些余粮，就没有心思去管西山在远，东风欲狂了。悠哉乐哉赛神仙。

诗中昭示的主人公的生活状态确实如此。若问这个有闲有德的人是谁？他就是诗中贯穿前后的"硕人"。

在《诗经》中，"硕人"有多方面的指向：

其一，指高大白胖的美人，如《卫风·硕人》篇：硕人其颀，衣锦褧衣。

说的是卫庄公夫人庄姜的美貌和她高贵的身份。夫人庄姜生得硕长秀顸，穿着五彩华服，披着麻纱的罩衣。

其二，指高大、孔武有力的男人，如《邶风·简兮》的舞师：

硕人俣俣，公庭万舞。有力如虎，执辔如组。

写一个身材高大又魁梧的舞师，在公庭之上领舞。他手执缰绳的样子英姿飒爽，力大无比如下山的猛虎。

在《卫风·考槃》这首诗里，"硕人"既不是高大白胖的美人，也不是孔武有力的舞师，而是一位高蹈出世、自成其乐的隐逸君子。

从诗句中可以看出，"硕人"一词，本身就带有身体高大与思想高尚双重含义。全诗三章，反复强调"硕人之宽""硕人之薖""硕人之轴"，突出"宽""薖""轴"，来赞美硕人的宽仁、和气，具有向心力。可想而知，这位高士的生活是自由舒畅的，心胸是宽广仁厚的。

先秦时期，诸侯国相互攻伐，战火频仍。国家内部也由于党羽之争机关算尽，内忧外患不得安宁。孔子的学生子路就是牺牲在一场富有戏剧性的宫廷政变之中，令人痛惜。在这种局势下，一些高人贤士不愿参与朝政，不见容于社会，甘于隐居山野荒村，过着与世无争、悠然自得的生活。他们远离浊世，又使浊世景仰。因此，这些高人虽然小隐隐于野，但仍然是受人们敬重、仰羡的君子。如采菊东篱的渊明，曾做彭泽县令，因不肯"为五斗米折腰向乡里小儿"而弃官归隐。

全诗三章，句式变化不大，意思比较连贯。

结庐在涧溪，建屋在山岗，盖房在高坡。

诗中一咏三唱硕人居住之所，不是炫耀狡兔三窟，而是彰显他独特的生存环境，强调他的卓然不群。

他不愿混迹于熙熙攘攘、车水马龙的闹市，甘愿远离繁华，离群索居在山林水泽的清幽之地。

"烟销日出不见人，欸乃一声山水绿"，硕人之境也。

"桃花流水杳然去，别有天地非人间"，硕人之心也。

"从听世人权似火，不能烧得卧云心"，硕人之意也。

彼时，身处偏僻的涧溪也罢，委身山坡上的茅屋也罢，驾车于坦荡的高原也罢，他都似鱼得水，心胸坦荡、无忧无虑，充分享受这种超脱尘俗的闲适和自由，置名利身份于度外，淡泊无为、逍遥自在。诗中反复吟咏君子这些言行形象，用复沓的方式，加深读者的感受。

我认为诗章中最精彩之处是硕人"独寐寤言"的"独"。

诗歌对硕人的隐逸岁月并没有花费过多笔墨进行描摹渲染，只是用极其凝练的几笔刻画了一个个富有个性的生活小细节：

他独个儿沉溺山林，

他独个儿自我放逐，

他独个儿自斟自唱，

他独个儿睡去复醒……

犹如电影里播放的特写镜头，一个怡然自得的隐士形象出现在我们面前。让我们仿若看到当年南阳诸葛草堂高卧、觉而赋诗的情景。孟子曰："穷则独善其身，达则兼济天下。""贤者退而穷处"，独处是一个人灵魂生长的必要条件，寄情山水、不以尘事为念，这便是高士之隐逸。

无独有偶。朱淑真《减字木兰花·春怨》中也有相仿的"独"：

独行独坐，独唱独酬还独卧。伫立伤神，无奈春寒著摸人。

此情谁见，泪洗残妆无一半。愁病相仍，剔尽寒灯梦不成。

"独行独坐，独唱独酬还独卧"，几个"独"字，"独"出诗人分外凄惨和忧伤的心绪，"独"得让人疼，"独"得让人伤。倒不如《卫风·考槃》词兴婉惬，趣味幽洁，仿佛山月窥人，涧芳袭袂，一种怡然自得之趣，流于字里行间。

人生来都是个体，所以自身的那份孤独是无可消融的。再热闹的街市，街市上的人也是踽踽独行。再亲近的感情，两个人也只能是互相温暖、理解和陪伴。比黑夜还难以抵达的，是一个流浪的灵魂。所以我很欣赏《考槃》中的隐士，欣赏那份孤傲，决绝的神情，和他耿耿固执的萧然洒脱情怀。

《考槃》中的主人公是一位隐逸高人，因而亦成为隐逸诗之宗。这位隐逸之士，从内在气质到外在生活方式，无不浸染着特立独行的心性，而这种心性慢慢沉潜为一种特质，绵延在古代文人的血液里，影响着一代代清高孤傲、颖脱不群的旷达隐士。

又有《魏风·十亩之间》也当属隐逸诗，描绘一幅桑园晚归图：

十亩之间兮，桑者闲闲兮，行与子还兮。
十亩之外兮，桑者泄泄兮，行与子逝兮。

夕阳西下，暮色罩大地，牛羊归栏，炊烟在一片烟霞里袅袅升起。夕阳最后一抹斜晖，像一双温暖的大手，拂过碧绿的桑叶，照进一片宽大的桑园。

忙碌了一天的采桑人，准备回家了。顿时，桑园里响起一片呼伴唤友的声音。人群渐渐走远了，说笑声和歌声却仿佛仍袅袅不绝地在桑园里回旋。动乎天机，不费雕刻。和《考槃》的独乐乐不同，似乎，另是一番天地。

不过，大道归一，两首诗歌沿着不同路径直奔主题，都清宁自诩，义无反顾。"永矢弗谖""永矢弗过""永矢弗告"，郑重其辞，让此间乐趣终老于斯。

问君何能尔？心远地自偏。一瞬间，看尽繁华。一转身，浪迹天涯。

且随他，笑对尘世纷争，淡泊此生。手持一盏闲情，其他随了秋风。

一切，自有最好的安排。

佳期如梦，幸福像桃花盛开

卷三

周南 · 桃夭　　幸福的桃花朵朵开

桃之夭夭，灼灼其华。之子于归，宜其室家。

桃之夭夭，有蕡其实。之子于归，宜其家室。
fén

桃之夭夭，其叶蓁蓁。之子于归，宜其家人。
zhēn

○今译：

桃花朵朵盛开，颜色鲜艳似火。姑娘今日出嫁，其家和顺安乐。

桃花朵朵怒放，果实又大又甜。姑娘今日出嫁，早生贵子兴旺。

桃花朵朵盛放，绿叶婆娑曼妙。姑娘今日出嫁，夫家平安康乐。

一

中国人喜欢红色，因为红色代表喜庆，譬如结婚时要贴大红的对联，新娘穿大红的衣服，头上戴红色的盖头。红色还代表兴旺，所以红色经常和火联系在一起，称火红，比如小日子过得有滋有味，就称火红的日子。

红还经常和桃花联系在一起，因为桃花也是红的。我们焦作，公历三月下旬桃花盛开，无论是大人还是小孩，无论是白领还是工人，都要抽出一天，去黄河岸边看桃花。河岸边桃花遍野，像一片片红彤彤的云，在春天的风里，格外艳丽，格外耀眼，格外有生机。所以，桃花就是春天最浪漫的符号，是人们最喜悦的表达。

明代唐伯虎喜爱桃花，作诗《桃花庵》，描述与桃花的缘分。

桃花坞里桃花庵，桃花庵下桃花仙。

桃花仙人种桃树，又摘桃花换酒钱。

酒醒只在花前坐，酒醉还来花下眠。

半醉半醒日复日，花开花落年复年。

但愿老死花酒间，不愿鞠躬车马前。

车尘马足富者趣，酒盏花枝贫者缘。

诗人自诩是桃花仙人，他种桃树、卖桃花沽酒，酒醒时分坐在花前，醉了只想躺在桃花下睡觉。无论醉与醒，都与桃花在一起，情愿老死在桃和酒之间，却不愿意向高官权贵谄媚鞠躬、阿谀奉承。风流才子优游林下的闲适生活实在让人羡慕，所以也成为自古到今大多数读书人追求的理想生活。

"莫道蜂蝶往来忙，果然娇艳世无双。暖雨香风频相顾，花开正是好春光。"桃花美，桃花艳，桃花开在三月间。春水漾漾，春山苍苍，草长莺飞时节，邂逅这十里红妆，置身于温暖花香，怎不让人沉溺和欢喜。

因为桃花鲜艳红润，古人常把桃花和美女放在一起，相互映衬。

唐代名士崔护清明节到城南踏青，见一所庄宅桃花环绕，适逢口渴，他便叩门求饮。一位和桃花一样美丽的女子打开了门。崔护一见之下，顿生爱慕。第二年清明节，崔护旧地重游时，却见院墙如故而门已锁闭。他怅然若失，便在门上题诗一首："去年今日此门中，人面桃花相映红。人面不知何处去，桃花依旧笑春风。"从此以后，人们便以"人面桃花"来形容女子的美貌，或用来表达爱恋的情思。

后人在追忆往事的流年里感受寂寞，以人面桃花为题，创作了大量的文艺作品，不但写诗作文，还拍电影电视，表达对美丽女子和美丽邂逅的一往情深。

二

其实，最早写桃花的诗，是《诗经》里的这篇《桃夭》，以桃为喻，以桃为兴，以桃来写那些美丽的女子。

"桃之夭夭"，我们耳熟能详，不过很多人记忆的是"逃之夭夭"，形容跑得无踪无影。这其实是个错误，是"桃之夭夭"的误写，不过因为诙谐，因为三人成虎，竟为成语，但其实它与桃花没有半点关系。有好事者偏要把它跟桃花扯上关系，写了一首歌《桃之夭夭》，收在陈明的歌集里：

什么事让我睡不着，

心里七上八下乱糟糟。

多希望搭起一座桥，

直达心中向往那个岛。

关起门，看世界的热闹。

一颗心跟着动摇，

躲起来，等你来寻找，

等你来爱我到老。

桃之夭夭，桃之夭夭，

桃花开了，点红爱的容貌。

桃之夭夭，桃之夭夭，

你才知道，我究竟有多好。

桃之夭夭，桃之夭夭，

不多不少，只缺一点烦恼。

桃之夭夭，桃之夭夭，

爱刚刚好，靠在温暖的怀抱。

　　我很喜欢其中的那一句歌词："桃花开了，点红爱的容貌。"确实，桃花盛开的颜色，"灼灼其华"，花儿像火一样，那就是爱的容貌。

　　桃花是一场美丽的邂逅，桃花更是一处温暖的归宿。在桃花盛开的道路上，走过一群人，穿着桃红的衣服，吹着嘹亮唢呐，唱着"桃之夭夭"的歌曲，抬着大红的花轿，那是美丽的姑娘出嫁了。桃花一样热烈的气氛，桃花一样绽放的心情，演绎着桃花一样美好的爱情故事。爱情故事里的女子，正是男子心仪的对象，是男子三书六礼、三媒六聘、八抬大轿、十里红妆、凤冠霞帔、明媒正娶、热热闹闹、吹吹打打娶来的妻。她不但美丽，而且合宜，有她的家庭一定和顺美满。"与子于归，宜室宜家"，就像这十里桃花，每一个人都会感受到她的芬芳。

三

《桃夭》依旧采用复沓的修辞手法，重复地唱、反复地唱。复沓的乐感很美，但有的时候不仅仅是为了照顾乐感。

"桃之夭夭，有蕡其实。"如果"灼灼其华"是说桃的花很艳丽，"有蕡其实"则是说桃的果很繁盛。古人常用果实比喻子女，至今在农村的婚礼上，还要特地在一对儿新人的婚床上置放一些有特定含义的干果，如大枣、花生、桂圆、瓜子等，喻示着早生贵子。喜婆婆会着一身大红衣衫，喜气洋洋地为新人铺床扫床，一并送上洋洋喜气的吉利话儿：铺床铺床，喜气洋洋，一铺鸳鸯戏水，二铺龙凤呈祥，三铺鱼水合欢，四铺恩爱情长，五铺早生贵子，六铺儿女满堂，七铺百年好合，八铺地久天长，九铺家庭和美，十铺富贵吉祥。这些喜庆的婚礼风俗，都有《桃夭》的影子。

自古以来，多子多福，家族兴旺，所以，硕果累累也是"宜其家室"的重要原因。"桃之夭夭，其叶蓁蓁"，是说桃的叶也很茂盛。如果说花是容颜，果实是生育，叶子代表什么？温顺的性格，聪慧的头脑，还有那么一点点小情趣。这些，都是夫妻恩爱、家庭和睦所需要的特质。

四

《桃夭》很短，言浅意明，读起来一点也不晦涩，但细想起来却回味无穷。

因为这诗是写女人的，是写男人心中的女人。

男人最欣赏什么样的女人？"灼灼其华"，诗很直率，一点也不隐瞒，这也是古人的可爱之处吧。

漂亮的女人总是让人赏心悦目，让人怦然心动，曹植心中的女神，不也是"云髻峨峨，修眉联娟，丹唇外朗，皓齿内鲜"吗？那些倾国倾城、沉鱼落雁的女子，不正是男人的最爱吗？《红楼梦》里，哪一位妹妹不是清丽脱俗，肌骨晶莹？

男人沉醉什么样的家庭？和和顺顺，平平安安，妻贤子孝。

男人需要什么样的妻子？你爱时，她像一团火，点燃你的激情；你倦时，她像一池水，抚慰你的心灵。这样的女人，是你前世的缘，是你今生的福。

这样的女子，就是你千回百转众里寻觅的佳人，是宜其室家，宜其家室，宜其家人的她。

这样的女子，就是那一片桃花，惊艳了时光，温柔了岁月。

陈风·东门之杨　　一株等待的白杨树

东门之杨，其叶牂牂。昏以为期，明星煌煌。
（zāng）

东门之杨，其叶肺肺，昏以为期，明星皙皙。
（pèi）（zhé）

○今译：

东城门外有白杨，叶片浓密映夕阳。约好黄昏来相会，等到星空闪闪亮。

东城门外白杨林，晚霞映照绿叶密。约好黄昏见个面，苦苦等到星满天。

关于《东门之杨》一诗的主旨，朱熹云："此亦男女期会而有负约不至者，故因其所见以起兴也。"（《诗集传》）

其实，此诗运用的并非"兴"语，而是"赋"的笔法，洋洋洒洒，笔下情景如画。

话说陈国都城的"东门"外，当年正是男女青年的恋爱场所，那里有"丘"，有"池"，有"枌"（白榆），有"杨"。陈地的爱情之歌《东门之池》《宛丘》《月出》，还有这首《东门之杨》，大抵都诞生于这块风月宝地。

这首诗写的是一对男女相约在黄昏的城门口相见，但当启明星灼灼闪耀在东山之时，那人却还未来。

究竟，在东门附近那棵高大茂盛的白杨树下翘首以待的人儿为谁，本诗的主人公是哪一个，是男等女，还是女等男，诗中并未做确切交代。诗作者好像故意在考验读者的想象力，短短两章，依旧秉承着国风中常见的重章叠句的形式，第二章简单到仅仅换了两个意同词不同的字，明示太少，大量留白。用经学大师方玉润的话概括就是"辞意闪烁"，"玩其词顾奇奥，隐约难详"。所以，古今各家对此诗的解读是流派纷呈，众说纷纭。

这里，我斗胆读之，姑妄猜之：大概是男子在东门外傻傻地、痴痴地等相好的女子，就像《西厢记》中的张君瑞，接到崔莺莺的粉笺："待月西厢下，迎风户半开；隔墙花影动，疑似玉人来。"心中遂千面锣万面鼓呼呼敲响，那种急切啊，恨不得太阳即刻下山，玉人立马在眼前。却是，他等得花儿都谢了。

从时间上来看，这个等待相当的漫长。漫长到"昏以为期，明星煌煌"。从黄昏日落等到月上中天，从月上中天再等到启明星出现。

"煌煌"和"晢晢"都是形容明星特别明亮，光彩夺目的样子。

而"明星"，在远古时期，它既不代表有名气的人，也不代表天空上你我伸手一指随便点中的哪一颗星，而专指启明星，也就是在黄昏的时候隐于西天，直到黎明时分方才灼灼升现东方的那颗耀眼的金星。这在《女曰鸡鸣》里是有据可考的："子兴视夜，明星有烂。"说的就是启明星早晨升空的景象。

另有杜甫《晓发公安》诗的首联，"北城击柝复欲罢，东方明星亦不迟"，讲的是柝声一歇，启明星当即跳出，开始催人早早出发。明星，启明星也。

唐寅《上吴天官书》中"明星告旦，而百指伺哺"，讲的也是它——启明星。

历时这么长的等。试想，一个豆蔻年华的姑娘家家，在夜黑风高的晚上，在城门口，独自一人踟蹰徘徊，连个丫鬟随从也没有，横竖是太危险，太不人性化，也太不现实。而男子，正值风华正茂，生龙活虎，一夜不睡也丝毫不影响身体健康、青春活力，照样毫发无损，活蹦乱跳。

关于女子的失约，我不想主观臆断她是个言而无信的人，故意爽约。我想他们一定是彼此相爱，心心相印的。

单从男子这一方就显而易见，男人如此执着地等待，是因为内心踏实坚定，两人相爱甚笃，才等得无怨无悔，心甘情愿。

另外，从诗歌的感情色彩来看，也足以证明男子的疏朗，他没有"我本将心向明月，奈何明月照沟渠"的纠结，没有"明月楼高休独倚，酒入愁肠，化作相思泪"的忧苦。既不悲观也不哀叹，没有迁怒于失约的姑娘。

诗句是这样简洁明朗，直入人心。"牂牂""肺肺"皆是形容树叶茂盛的样子。在这个夏夜，萤火虫点亮小灯笼，促织在草丛里高一声低一声地吟唱，星光灿烂，白杨树枝繁叶茂，在月光下树影斑驳，哪有一点儿凄惶无助的影迹？

只是，茂密的杨树叶子唰唰唰，风中哗然，疑是玉人来。让他浮想联翩，幽幽期盼。

　　我们再来猜猜，女子的失约，极有可能是被家人、父兄牵制，不得脱身。《郑风·将仲子》写的就是两个自由恋爱的年轻人迫于家人的反对，男子不能见到女子，他只得爬上女子家的墙头，偷偷来看望他日思夜想的恋人的故事。这说明即便当时婚姻恋爱自由开放，也是有章可循有度可衡的。"仲可怀也，父母之言，亦可畏也。"这是多么令人无奈的事。

　　另外，似乎还有这样的可能，女子突然家有特别重大的事牵绊，实在不能抽身赴约，又来不及紧急告知，故而失信。那个时代，不可能像现在，可以通过打电话或者发短信通知对方。

　　从诗中看，男子想来是深深体谅女子的，他对他们的爱情信心满满，从而执着地不管不顾，为恋人站成一棵守望树，站成另一棵挺拔的白杨树，向着姑娘那方，痴痴凝望。

　　后来，"昏以为期"经过欧阳修《生查子·元夕》的金句演绎，"月上柳梢头，人约黄昏后"，俨然成为一个固定的场景，一种文化现象，中国爱情的文学，得以流传千古。

召南·野有死麕　　**最野艳的爱情**

野有死麕（jūn），白茅包之。有女怀春，吉士诱之。

林有朴樕（sù），野有死鹿。白茅纯束，有女如玉。

舒而脱脱（tuì）兮！无感（hàn）我帨（shuì）兮，无使尨（máng）也吠！

〇今译：

　　射猎鹿麕在荒郊，且用白茅将它包。遇到少女心萌动，走上前去把话撩。

　　林中丛生小灌木，荒野射死小鹿麕。白茅捆扎当献礼，窈窕少女颜如玉。

　　少女含娇且带羞：请你慢慢别着忙，莫碰围裙莫慌张，莫惹狗儿叫汪汪。

一

　　后代诗歌写爱情，有的香艳，像花间派那些艳词；有的含蓄，像李义山那些著名的七律；有的放荡，像南北朝的部分西曲吴歌。

先秦的爱情诗不同。那时的爱情，特别是普通人的爱情，直率、直白、直接，充满原始的人性，不隐晦而有野趣。《野有死麕》描写的，就是这样最野艳的爱情。

先秦时期，农耕产出还不是很大，狩猎大约是男人的基本技能，男人打到小鹿、小獐之类的猎物，送给女方，作为"诱之"的资本，顺理成章。而动人之处，在于女方的态度：舒而脱脱兮！无感我帨兮，无使尨也吠！

应该是一个月明星稀的夜晚，风儿轻，花儿香，男人把少女约了出来。约会的地点应该是村外的小树林。那个时代，草木应该比较繁盛，房前屋后，草木葱郁，恰好适合幽会。在这离家很近的小林子里，男方迫不及待，有着亲昵的小动作。少女低声地央告：慢点，轻点，不要把我的裙子弄乱了，不要惊动家里的狗狗。小狗如果叫起来，父母兄弟发现了，多难为情呀！

其实，少女已经芳心萌动，但青春是羞涩的，羞涩的少女欲迎还拒，顾虑的只是被人发现和撞破。

诗词的美感就在这里，爱情的美感也在这里，直率但不草率，直白但不愚鲁，直接但不乏情趣。

短短几句话，妙龄少女的热情跃然纸上，而这热切的渴望里，我们能感受的，唯有坦然、纯真，与淫色无干，如同日升月落四季轮回般的自然美好，难怪孔子曰：诗三百，一言以蔽之，曰"思无邪"。

二

少女思慕异性，叫"怀春"。怀春与青春有关，与春天也有关。春天万物萌发，少女的心情也跃跃欲试，李商隐诗"春心莫共花争发，一寸相思一寸灰"说的是春天，也是青春。

古代有一个传统节日，叫"春社"。在上古以及夏商周三代中早期，是男女幽会的狂欢节日。古代人口不多，需要男女早点完婚生育。春社就是最早的婚介活动。在祭祀结束之后，男女可以自由来往。很多男女就是在春社活动中相识、相欢，萌生爱意，缔结婚约。

有女怀春，是不是因为"春社"？吉士诱之，是不是在春社上一见钟情？读这首诗，忍不住会这样想。

很喜欢这个"诱"字，费尽心机但绝不用强，为心爱的人朝思暮想，为心爱的人甜言蜜语，为心爱的人用心良苦。很多字词，后世分了褒贬义，而在初期，人们只注重字词本身的含义，没有那么多的功利。

三

和《诗经》里大多数诗歌一样，《野有死麕》也是争议不断，但诗的基本意思一目了然，至于某些卫道士解说是贞女拒暴，不值一哂。

　　"野有死麕"，有些人觉得"死"字煞了风景，其实只是省略了过程。虽然是死麕，但依然有鲜血和温度，因为那是男人刚刚射杀的，代表着男人的勇敢和能干。这样的男人，怎能不让少女怀春？

　　白茅是一种草，一种很洁净的草。孔子说："苟错诸地而可矣；席用白茅，何咎之有？"就是说直接放在地上也可以了，用最洁净的茅草包裹着，有什么过错呢？可见用白茅包着，是一种礼节。所以诗评家、民俗学家认为"野有死麕，白茅包之"是求婚的用品和仪式。也许专家们是对的，但我更愿意相信是求爱，因为如果是求婚，和第三部分的幽会似乎衔接不畅。

　　"林有朴樕，野有死鹿。""朴樕"是繁盛的丛木，小树，是男女约会的地点。在这里，男人把猎物交给女子。有些解说认为"朴樕"是男人打下的柴火，诗意寡淡。那茂密的小丛林，男女亲密偎依，一旁是他们定情的信物，这样的意境，让人遐思而心向往。

　　"白茅纯束，有女如玉。"白茅是圣物，玉是珍品。白色的茅草扎成纯净的一束，美丽的少女如美玉一般美好，又像白茅一样纯洁。白茅，美玉，少女，互为张扬。后世经常用鲜花比喻少女，是因为美丽；这里用白茅和少女并提，是因为纯洁。通过白茅和美玉，我们还读懂男人眼中的少女，温润晶莹，肌肤的色感和质感，妙不可言。

四

　　《野有死麕》是《诗经》里最艳情的诗篇。说它艳情，是因为它描写的是幽会，隐含着性。"白茅纯束，有女如玉"让人联想起女子肌雪晶莹的身体；"舒而脱脱兮！无感我帨兮，无使尨也吠！"把男女调情的语言神态表现得淋漓尽致。

　　很长时间，我们习惯于歌颂爱情的美好，而对性则进行丑化。其实，爱与性不过是硬币的两面，没有爱的性是淫荡，没有性的爱是残缺。

　　古语云：食色，性也。人类社会的发展，应该是先有性后有情的，毕竟性是生理层面的东西。

　　先民们是幸福的，因为他们拥有直率、直白、直接的爱情，他们爱得热烈，爱得纯洁，爱得野艳。今天，我们奢谈爱情，却不知爱情已经掺杂太多的欲望。

郑风·褰裳   辣妹子爱得热辣辣

子惠思我，褰裳涉溱（qiān cháng）。子不我思，岂无他人？狂
童之狂也且！
子惠思我，褰裳涉洧（wěi）。子不我思，岂无他士？狂
童之狂也且！

○今译：

　　你若爱我想见我，快快提衣过溱河。你若不想来见我，岂
无别人来爱我？你这个大傻瓜呀大傻瓜！
　　你若爱我想见我，快快提衣过洧河。你若不想来见我，岂
无别的少年郎？你这个大傻瓜呀大傻瓜！

一

　　一次偶然的邂逅成就一生注定的缘分。本着一份真爱，多
情女子面对心仪的男子会保持怎样一副姿态，这首《褰裳》为
我们展开精彩的一幕。

郑地的三月，从民俗来讲，乃是仕女出游、谈情说爱的美妙时令。在清波荡漾的溱水、洧水之畔，三三两两的青年男女，"秉蕑"相会，笑语"相谑"。这不，一对好人儿隔河相望，对上了眼。男子仪表不俗，丰姿绰约的士子，让女子崇拜、欢喜得不得了。

在爱情面前，千百年来，女人为情所困，为爱低到尘埃里的例子多了去了，为什么还要不断重蹈覆辙呢？

因此，面对傲慢犹疑、行动迟迟、自己一见倾心的男人，她不管不顾，投入飞蛾扑火般的激情，明目张胆地展开火辣辣的攻势。

一句"子惠思我，褰裳涉溱"——你若爱我惦念我，就提起衣襟渡溱来！快人快语，不似《将仲子》"岂敢爱之？畏人之多言"的优柔寡断，不似《大车》"岂不尔思？畏子不敢"的小心试探，旁若无人地展示出一个泼辣、旷达的辣妹子的形象。

二

不是女子不婉约、不含蓄，不是有人说过吗？将感情埋藏得太深有时是件坏事。如果一个女人掩饰了对自己所爱的男子的感情，她也许就失去了得到他的机会。

这是她最深的忧虑。

即便人惯于说"天涯何处无芳草"，但爱的相逢，不是恨晚，便是恨早。要不怎么会有所谓的愁山恨海，那么多的痴男怨女。

还好，没有早一步，没有晚一步，她和他，在爱的空间狭路相逢。她需要竭力抓住这爱的机遇，以防时过境迁，错过一瞬，和他就错过一世。

说辣妹子火辣也好，说辣妹子泼辣也好，说辣妹子热辣也好，不过是她有自己坚定的信念：既然孤注一掷了，就不能中途撤离，继续建筑，添砖加瓦，才能使得自己的堡垒愈加坚固牢靠。

于是，下面的激将言辞便显得伶牙俐齿、毫不示弱："子不我思，岂无他人？"

你若不想我，我难道没有他人爱？

她说：追我也不是件特别容易的事儿，想追我的可不只你一个。你再不抓紧过河，我可要另找爱我的人了，到时候让你后悔来不及。

一句话撂得痛快决绝，风生水起。

不知道男子听到这句话感受如何，作为旁观者的我们，不能不为女子的干脆爽快拍手称快，她这样看重这份感情，却又故意装出满不在乎的架势，无非是自矜，要激得心上人更疼她、爱她而已。

她要的爱，是一份全心全意的爱，要心爱的人一丝一毫不容疏忽，一时一刻不离左右。

火辣辣地炝出一锅后，她心里还是稍稍有些不安稳，她怕傲慢的他不解风情，兀自生了气，一走了之。所以在她刚刚冷静如铁、盛气凌人地吐出"岂无他人"一句后，随即多云转晴，扑哧一笑，戏谑地娇嗔道："狂童之狂也且！"——大傻瓜呀你，傻不傻！闻听这句，分明是一个可爱而狡黠的姑娘，对心仪的男孩耍的爱情小把戏。

面对如此多情的姑娘，想那对面的小伙子怕早已按捺不住，傻乎乎地俯首就擒。

爱情要的就是这样的会心和会意，"心有灵犀一点通"。

诗的第二章，简单到只改了两个字："洧""士"。洧即洧水，和溱水是当时郑国的两大河流。"士"在古代指未及婚配的男子。重章复沓，诗意再一次强调、沿袭，让人在涵泳之际，为小女子的凌厉出镜频频颔首。于此，一个自矜刚强，又显得可亲可爱，风情别具的辣妹子跃然纸上。

或许，辣妹子若真的被心上人无视，未必就能做到诗中所说的那样旷达，一笑而过，但这似乎并不重要了。重要的是女子这种建立在自信、自强上的爱情观，以及纵遭挫折也不颓丧的风发意气，颇能令溺于情者警醒，而给其他女子以鼓舞的。

三

《郑风》历来被封建卫道士们斥为靡靡之音，因为在他们迂腐的大脑里，只有经历明媒正娶的婚姻才叫正当，只有经过父母之命、媒妁之言的恋爱才是正派。其他诸如单相思、女追男、男追女等歌咏自由恋爱的诗篇，一概以秋风扫落叶之势，大扫帚一划拉全部归并为"淫诗"。

何其冤屈，先民的豆蔻年华！

我真不知道这些出之无心、浑然天成的优美诗篇，譬如《子衿》的青青相思，譬如《出其东门》的执着苦恋，譬如《风雨》的切切等待，还有这篇《褰裳》的热辣旷达，怎么就被僵化的老夫子们读出淫奔、偷情的意味，大加挞伐了近千年？

这些爱情诗善于捕捉青年男女邂逅、偶遇等情感过程中的微妙心理，展示最朴素、自然的真情实感。它有别于秦风的彪悍、卫风的缠绻、魏风的针砭，开成山野间一朵朵恣放的花朵，野性、温暖、干净的笑容，煞是迷人。

作为一个平凡女子，注定避不开命运的摆弄。不过，若像《褰裳》里的女子一样，积极应变，主动进攻一回，这比坐等人来爱好上千百倍。两千多年前如是，现在依然是。

待字闺中的姑娘们，且瞄准目标，朝着爱的方向，该出手时就出手吧！

郑风·女曰鸡鸣　　**且以深情共白头**

女曰鸡鸣！士曰昧旦！

子兴视夜，明星有烂。

将翱将翔，弋凫与雁。
^{yi}

弋言加之，与子宜之。

宜言饮酒，与子偕老。

琴瑟在御，莫不静好。

知子之来之，杂佩以赠之。

知子之顺之，杂佩以问之。

知子之好之，杂佩以报之。

○今译：

　　女说："公鸡已鸣唱。"男说："天还没有亮。"

　　"不信推窗看天上，明星灿烂在闪光。"

　　"宿巢鸟雀将翱翔，射鸭射雁去芦荡。"

"野鸭大雁射下来，为你烹调做好菜。佳肴做成共饮酒，白头偕老永相爱。"女弹琴来男鼓瑟，和谐美满在一块。

"知你对我真关怀呀，送你杂佩答你爱呀。知你对我体贴细呀，送你杂佩表谢意呀。知你爱我是真情呀，送你杂佩表同心呀。"

常常冥想，先秦的男子，在婚姻里会是怎样的？是不是也像后世一样，摆出一副道德家的面孔，男尊女卑，夫为妻纲，沉闷压抑。抑或那时物质贫瘠，柴米油盐，为金钱拼，为家务吵，了无情趣？

我们无法穿越到先秦，但能在《诗经》里和彼时的夫妻们共享一段家庭生活，这时才发现，原来他们是那样的幸福，即使贫穷，即使辛劳，只要生活有爱，他们一样能够在艰辛和平淡中找到生活的小情趣，找到自己的小确幸。

好日子都是经营出来的，世俗生活自有世俗生活的温暖气象。将柴米夫妻做成一对神仙眷侣，只需两人用心。《女曰鸡鸣》就是这样的典范：

雄鸡高唱，东方微亮。一天的生活尚未开始，但晨的气息已经涌动。在飘香的桐花里，在公鸡的早鸣中，在小鸟的歌唱里，还在新婚夫妇温暖的衾被中。

妇：（醒，摇老公）哎，醒醒，公鸡打鸣了，起床吧。

夫：（睡眼惺忪）天还没亮呢，让我再睡一会儿。

夫：（停顿一会儿，再摇）不信你推窗看看天上，满天星斗还闪着亮光。

妇：此刻鸟儿已出巢，将要飞翔蓝天上。整理好弓箭去苇荡，打些野鸭和大雁带回来吧。

妇：（傍着老公肩膀）你的箭法那么准，野鸭野雁准能打着。我给你烤鸭煮雁做几个菜，再去街上打点儿小酒，咱俩对着喝几盅，白头偕老永相爱。

夫：（轻抚女子秀发）知道你对我好，等我赚钱了买只漂亮的杂佩送给你。

大多时候，男人们也会偷懒，会有孩子般的赖床行为。任女人揪耳朵，掀被窝，一遍遍催促，依然是我行我素，效果很不显著。

而诗中的女主人公不急不躁，不愧为蕙心纨质，温柔可人。她细致体贴的劝言，胜过雷霆无数，让老公的心如沐春风，精神百倍，麻利地答应着，起床准备去打猎。

对于女子来说，理想的男人形象大多英俊彪悍，富于才智，善于行动，既能叱咤风云，又懂儿女私情。诗中的男主人公就是这样一个强悍和温柔并驾齐驱的男人，他不仅心疼自己的妻子，还很会哄她开心：

我知道你性本勤勉，杂佩送给你；

我知道你善良体贴，杂佩赠送你；

我知道你对我恩爱，杂佩报答你。

老公许诺妻子要以杂佩回报。杂佩献佳人，佳人哪有不爱不喜欢的道理，岂不是玉臂攀着老公的脖子转几圈，靥如桃花两朵开？

很多人眼里，君子是不食人间烟火的，很多人眼里，爱情是远离世俗红尘的。这篇《女曰鸡鸣》中，君子的爱情就像邻家大哥大嫂，就像每天的衣食住行。

《诗经》中还有很相似的一篇——《齐风·鸡鸣》，名字相似，写法相似，情节亦相似：

"鸡既鸣矣，朝既盈矣。" "匪鸡则鸣，苍蝇之声。"

"东方明矣，朝既昌矣。" "匪东方则明，月出之光。"

"虫飞薨薨，甘与子同梦。" "会且归矣，无庶予子憎。"

妇曰，公鸡叫了，朝堂上人都到齐了。夫曰，那不是鸡叫，那是苍蝇在嗡嗡。

妇曰，东方亮了，大臣们在等候了。夫曰，那不是天亮，那是月亮的光芒。你不要说话了，像虫子一样嗡嗡叫，我们还是继续睡吧，继续刚才的好梦。

妇曰，上朝的官员等不上，要散朝了，他们又要恨我们俩了。

都是夫妻对话的形式，但人物的身份是不同的。《女曰鸡鸣》里的夫妻是普通人家，而《鸡鸣》里的男女，是君主和后妃。一个是催促丈夫去打猎，一个是催促夫君去早朝，但人物的语气和行动也大相径庭。《鸡鸣》偏重于表现夫妻间对参加朝会的矛盾态度。从"鸡既鸣矣，朝既盈矣""东方明矣，朝既昌矣""会且归矣，无庶予子憎"可读出女子的口气迅疾决然，催促连连，警夫早起，莫误早朝；无奈男子却一再推脱搪塞，留恋枕衾而纹丝不动。

这篇《女曰鸡鸣》表现的是夫妻之间琴瑟般的和谐，在妻子饱含温柔怜惜的催促下，丈夫迅疾做出令妻子满意的积极反应。看来，温柔的魔力，真是不可低估。

袁枚言："诗有情至语，写出活现者。"《女曰鸡鸣》读来便是一幅温情的画面，小夫妻间浓情蜜意的生活，通过一句一句的对话而活灵活现。所谓诗中有画画中有诗，非徒山水，这人间的烟火寻常，莫不是最灵动的诗画？

我特别贪爱"宜言饮酒，与子偕老。琴瑟在御，莫不静好"这两句。读着言辞间的柔情蜜意，眼前会浮现出这样一幅场景来：

老公左手一只野鸭，右手两只野雁，大呼小叫跳进门，妻子喜不自禁地迎上去，连声夸赞老公箭法准，能干，收获大。夫妻俩一起烹鸭煮雁，做了满满一桌喷香可口的饭菜。妻子给老公和自己倒上酒，小两口你给我夹一口菜，我给你斟一杯酒，吃得酒足饭饱，喝得酣畅淋漓。兴之所至，老公拿出自己的七弦琴，妻子抱来锦瑟，两个人吹拉弹唱，载歌载舞，连四方邻居都被吸引过来，加入他们的欢宴。

不求举案齐眉，但求琴瑟相合。美满的姻缘也许就是这样子的吧。很多时候，两个人所求并不多，两情相悦朝夕相守，就像现代人唱的那样："我能想到最浪漫的事，就是和你一起慢慢变老，直到我们老得哪儿也去不了，你还依然把我当成手心里的宝。"愿有岁月可回首，且以深情共白头。当我老的时候，看到你还在身边。今生足矣。

琴瑟，据文献记载，是由中华神人伏羲在伏羲之都（今河南省淮阳市）创造发明的。取梧桐木制成，带有空腔，丝绳为弦。琴初为五弦，后改为七弦；瑟二十五弦。琴瑟合奏时声音非常和谐。故此，《诗经》中流行说法是指夫妻关系和谐亲密，譬如《关雎》中就有"窈窕淑女，琴瑟友之"，《小雅·常棣》中亦有"妻子好合，如鼓瑟琴"。

　　隔了两千多年来看，荒蛮的农耕时代，一对小夫妻唱着"琴瑟在御，莫不静好"向我们款款走来，其温馨浪漫，一点儿不比现代人逊色。

　　或许，婚姻生活中，真正让人暖心的，从来不是耳鬓厮磨的情话，贵重无比的礼物，而是下意识的相互体贴，彼此对话里的温柔和满眼的在乎。情深，还在久伴。厚爱，无须赘言。

　　其实，真正的爱情，并不需要太多的激情，但一定要乐此不疲才行。因为激情，终究有渐次冷却的一天。而乐此不疲，它是一菜一蔬、一粥一饭的平淡日子，是最朴素的情感。只有知悉平淡日子的相依相偎，才能执手吟唱死生契阔，共同营造一个温暖的避风所——家。

　　"家"不是一个简单的概念，有人说家是社会的最小细胞，有人说家是风雨相依的两人世界。家不是别墅，不是豪车，不是金银财宝堆砌起来的空间。物质的丰富固然可以满足人心的私欲，但精神的愉悦却是生活最厚重的馈赠。

　　试想，在那个空间中，如果充满暴力和冷战，同床异梦，貌合神离，"家"将不成其为家，而成为一个争斗的战场。豪车、别墅不过是这个现代化的战场中的摆设品罢了，千万别让自己穷得只剩下钱。

　　听过一个故事，说一富翁醉倒在他的别墅外面，他的保安扶起他说："先生，让我扶你回家吧。"富翁反问保安："家？！我的家在哪里？你能扶我回得了家吗？"保安大惑不解，指着不远处的别墅说："那不是你的家吗？"富翁指了指自己的心口窝，又指了指不远处的那栋豪华别墅，一本正经地、断断续续地回答说："那……那不是我的家，那只是我的房屋。"是的，有房无爱、有屋无暖的钢铁框架，何以谈家？

家是夫妻共同经营的，编织着梦和苦辣酸甜的窝。家是一副重担，是一份责任；家是彼此的真诚相待，更是能够携手同行的漫漫旅程。家是最温暖的地方，是放心的地方，是盛爱的地方，那里有自己最爱的人和最爱自己的人。执子之手，与之偕老。琴瑟在御，莫不静好。两个人居家过日子，用心且执着，有爱有温情，有迁就有包容，自会一生幸福平安。

"十二时午饭，六时晚饭，准时用餐，往往是分秒不爽，多少年来总是如此。"梁实秋老先生在《今生只活得深情二字》一文中，描述了自己和妻子程季淑的一日三餐，两人婚姻五十年日常生活的点滴。所谓"岁月如酒，时光如花"，大概就是这样的。

两个人快活地忙碌，平静地过活，开心地相守，适当地安逸，这日子再好不过了。此后余生，岁月都将温柔相待。

愿意与一个人相守到老，想与她住同一所房子，睡一张床，生一个孩子，养一条狗。这便是最平实的爱情，世人最心仪的家。

郑风·野有蔓草   最是一低头的温柔

野有蔓草，零露洟兮。有美一人，清扬婉兮。

邂逅相遇，适我愿兮。

野有蔓草，零露瀼瀼。有美一人，婉如清扬。

邂逅相遇，与子偕臧。

○今译：

　　原野蔓草青青，露珠剔透晶莹。有位美丽的姑娘，眉目顾盼含情。有缘今日邂逅，令我一见钟情。

　　原野芳草萋萋，露珠光洁晶莹。有位漂亮的姑娘，眉目流转深情。今日有缘邂逅，与你携手同行。

一

　　青年时，我们都有一种悸动，憧憬一次偶遇，邂逅心目中的他／她。那个他／她，正是你反复想象的模样，在梦里你们已千百次相会；那个他／她，又超越了你的想象，点亮了你的眼睛，惊艳了你的时光；那个他 / 她，是你最熟悉的陌生人，是你精心设计的意外，就像绿丛中的一朵花开，就像江河见到了大海。

"我是天空中的一片云，偶尔投影在你的波心。"这样的邂逅，虽不是惊涛骇浪，但必定会荡漾起幸福的微澜。

原来你也在这里，有一些惊喜，有一些新奇，有一些冲动，有一些惴惴不安，也有"众里寻他千百度，蓦然回首，那人却在灯火阑珊处"的豁然开朗。

《郑风·野有蔓草》描写的就是这样一次邂逅的悸动，一种微澜的幸福。

二

美好的事物，必有一个美好的衬托，在诗歌中，叫作场景。

《牡丹亭》是古代非常有名的爱情剧，描写名门闺秀杜丽娘妙龄思春，在梦中与青年男子柳梦梅相见相会相爱的故事。作者汤显祖将这个梦境设定在旖旎春光里：

> 朝飞暮卷，云霞翠轩；雨丝风片，烟波画船……遍青山啼红了杜鹃，荼蘼外烟丝醉软……闲凝眄，生生燕语明如翦，呖呖莺歌溜的圆。

因春感情，遇秋成恨，这样的场景，难怪杜丽娘"忽慕春情，怎得蟾宫之客？"

如果说《牡丹亭》杜丽娘和柳梦梅相遇的场景"旖旎"，那么《野有蔓草》中男女青年一见钟情的场景可以称之为"清新"。

辽阔的原野，芳草萋萋。清晨，阳光初起，草地上露珠一滴滴晶莹剔透，光洁圆润。男子的心就像这露珠，潮湿而悸动。在这样清新秀丽的环境里，恰好邂逅那梦幻一样的女子，怎能让人不春情荡漾？

环境是感情的催化剂，没错。"天上飘着些微云，地上吹着些微风。啊！微风吹动了我头发，教我如何不想她？"这是二十世纪刘半农的一首白话诗，告诉我们什么叫触景生情。

三

好的诗不需要太多的语言，好的场景不需要太多的描写，只要选取最打动人心的那个镜头、那个瞬间就可以了。

其实《野有蔓草》只选取了两个事物，露珠和眼睛，就深深地打动了我们。

就像影片的特写。写景，原野很开阔，但镜头逐步拉近，聚焦到挂在草叶的露珠上；写人，有美一人，美丽的容貌没有一一去刻画，只选取最具代表性的部位——眼睛。

写露，"零露湑兮""零露瀼瀼"，湑、瀼，都是形容露水多，只这两个词，清香的芳草，清澈的露珠，就仿佛出现在我们眼前；

写眼睛，"清扬婉兮""婉如清扬"，婉是美丽，清扬形容眼睛清澄明亮，也是两个词，姑娘的眼睛活灵活现。

其实，爱情也集中在眼睛里，一个眼神，我们就能感受到彼此浓浓的爱意。而且，诗中美人的眼睛，正像露珠一样明亮澄澈，秋波流转，瞬间激起电光火石。

小小的片段，最是清风拂面，风情万种。

不由让人想起徐志摩那首小诗——《沙扬娜拉》：

最是那一低头的温柔，

像一朵水莲花不胜凉风的娇羞，

道一声珍重，道一声珍重，

那一声珍重里有蜜甜的忧愁——

沙扬娜拉！

"沙扬娜拉"在日语中是再见的意思。诗人描写和日本女郎的告别，只选取一个典型动作：一低头的温柔，便流连忘返，依依不舍了。这样的写法，可谓和《野有蔓草》有异曲同工之妙。

四

有些爱情是灯红酒绿，有些爱情是花前月下，有些爱情是红袖添香。《野有蔓草》的爱情，是一曲田园牧歌。

他们爱得很单纯。我们不必问男子去打猎还是去种田，也不必问女子去采桑还是去浣纱，只是知道，清晨，原野，清风，芳草，在这里他们邂逅了爱情。

他们爱得很大胆。我们不必探究男子怎样去搭讪，也不必探究女子如何欲说还休，只是知道，他们目光相接，心意想通，便相爱了，便牵手了。

他们爱得很彻底。这一次邂逅，也许他们已经用了整个青春去守候，所以，他们要点燃这瞬间的绚丽，即使不会之子于归，即使不会与之偕老。韶华倾负，我不会辜负。

王风·君子于役　你到底在何方

君子于役，不知其期。曷至哉？鸡栖于埘（shí），日之
夕矣，羊牛下来。君子于役，如之何勿思！

君子于役，不日不月，曷其有佸（yòu huó）？鸡栖于桀，日
之夕矣，羊牛下括。君子于役，苟无饥渴！

○今译：

丈夫远出去服役，不知何年何月是归期，何时才能回家来？
鸡儿回窝，太阳西落，牛羊成群下山坡。丈夫远出去服役，叫
人如何不相思！

丈夫远出去服役，不知何年何月是归期，何时才能回家来？
鸡儿回窝，太阳西下，牛羊成群回到家。丈夫远出去服役，但
愿不会受饥渴！

一

"打起黄莺儿，莫教枝上啼，啼时惊妾梦，不得到辽西。"

唐朝金昌绪这首《春怨》，写得生动活泼，味外有味，读来惊心。

黄莺本来是挺可爱的鸟儿，脆生生的鸣叫如歌婉转，偏偏这一次叫得不是地方也不是时候，不讨人欢喜，让楼上的女子好梦频惊，美梦乍醒。于是女子恨恨地丢个石子儿打它去，祈愿被惊起的自己可以好梦再续，香车宝马直到辽西，和久别的丈夫甜蜜团圆、两情相依。

和白居易的《闺妇》、李白的《长干行》、杜甫的《月夜》一样，《春怨》虽有怨，却不是怨妇诗，而是一首思妇诗，是写女子怀念远征在外的丈夫的诗篇。

"思妇"最初是一鸟名，宋玉的《高唐赋》里有这样的描述："姊归思妇，垂鸡高巢，其鸣喈喈。"后来经曹丕《燕歌行》"慊慊思归恋故乡，君何淹留寄他方"的再次演绎，"思妇"才确指怀念远出丈夫的妇人。

思妇诗源远流长，在先秦时代就出现了。春秋时代，战乱频仍，有抵御外侮的正义战争，也有诸侯之间大鱼吃小鱼的兼并战争。无穷无尽的兵役和劳役，使无数家庭长期处于夫妻两地分居的状态，酝酿出不少描写家人离散、痛苦心酸的诗篇，《王风·君子于役》是其中的佳作。

剧情应该从黄昏开始吧。

古时候的先民以农耕为主，所以炊烟袅袅升起、暮色罩大地的时候，农庄就出现了一派特别温馨的画面："鸡栖于埘，日之夕矣，羊牛下来。"

鸡回窝了，太阳下山了，羊牛回圈了，一天的工作总算结束了。劳累一天的她终于可以松弛一下紧张的神经，畅快地大口喘气了。可是，就在她把鸡呀羊呀牛呀归置到各就各位，返身关上篱笆门的一刹那，她还是习惯性地瞅一瞅门外的大路，那条杨柳依依一直绿到远方的大路。

除了来来去去的晚风，还有来来去去的尘土，大路上空寂无人。远方的远方，万径人踪灭，孤云独去闲，只有来来往往的风扑上她满是倦容的脸颊，来来往往的尘迷失她清澈苍青的眼睛。她揉了又揉，仿佛要揉出眼里的沙子。

她长出一口气，忽然想问问无羁的风，问问随风游荡的沙尘：她的夫君，她离家那么久那么远服兵役的丈夫，什么时候才能回来？如今又在何方？（君子于役，不知其期，曷至哉？）

"断送一生憔悴，只消几个黄昏！"女子已记不清自己有多少次满怀希望的回头，又有多少次这样神情落寞地转身。她感觉到步履沉重，双腿灌铅一样。

鸡回窝了，太阳下山了，羊牛都回圈了，出远门的人早该回来了。她的丈夫远出服役还未回来，教人如何不相思？

等待并不是最痛苦的，痛苦的是它的漫长无期，它的不可预测。斯时，她心中纵然千般烦忧、万般委屈，也只能借一句"如之何勿思！"喊将出来。

辛劳自不必说。在这个家，男人是天，这片天她暂时扛起来了。她操持家务，她春种秋耕，她养家糊口。可是，她终究是一个女人。

写到这里，我的脑海里不由得蹦出萧红的一段话："女性的天空是低的，羽翼是稀薄的，而身边的累赘又是笨重的！而且多么讨厌啊，女性有着过多的自我牺牲精神……不错，我要飞，但同时觉得……我会掉下来。"

阑干倚尽犹慵去。我能感受到诗中的女子跃跃欲飞的心情，她要飞去辽西，飞去辽远的边塞，去见丈夫一面，哪怕只是一梦。可是，天空那么低沉，羽翼那么稀薄，喃喃唤起丈夫名字的时候，她忽然感觉到自己的身轻力薄，形只影单。她掉了下来。几度黄昏雨。

二

第二章仍然采用《诗经》惯用的复沓叠唱手法来刻画心理，宣泄情绪，积极营造氛围和意境，不仅加强了整首诗的音乐性和节奏感，而且使诗歌蕴含的感情更显深挚动人。

君子于役，不日不月，曷其有佸？鸡栖于桀，日之夕矣，羊牛下括。君子于役，苟无饥渴！

"不日不月"是说丈夫服役很久很久了，久得已无法记起何日何月。

女子独自支撑的辛苦，盼夫不归的痛苦，已令她度日如年。但她把自己的辛酸苦累置之度外，在她心里，这些辛酸痛苦，比起丈夫在外的困顿，比起丈夫的安危，都微不足道。她最关心的是丈夫的状况、丈夫的消息：他在什么地方，离家有多远？天冷了，他是否加衣御寒？是否整日劳碌奔波，忍饥挨饿？是否风餐露宿，饱受羁旅行役之苦？

诗句以朴素的笔法写出了她的猜测、挂牵和祝愿。反复的吟咏中，思妇内心焦灼、无奈、思念的悲苦和深情祈愿的泪水搅和在一起，缠缠绵绵，浓烈如酒，使读者的心与深情款款的妻子一同怆然欲泣。

如果细心研读，你还会捕捉到复沓叠唱中的精细之处，在时间跨度上，诗中有一个巧妙的暗示，也就是"鸡栖于埘""鸡栖于桀"的微妙区别。

"埘"，指鸡舍，在墙壁上挖洞做成；

"桀"，指鸡栖木，用栅栏围鸡。这两个字喻示的是冬夏之别。

由此可知，思妇是如何经年累月地等待，翘首以盼。一如阿桑的歌："天黑了，孤独又慢慢割着，有人的心又开始疼了。爱很远了，很久没再见了。"让人不能不动容。

《诗经》常在风中雨中写思，如"风雨凄凄，鸡鸣喈喈。既见君子，云胡不夷""北风其凉，雨雪其雱。惠而好我，携手同行"。《君子于役》却没有这样。甚至于《诗经》中通常的"兴"和"比"都未体现，只是用了不着颜色、极简极净的文字，在一片安宁中写思。"鸡栖于埘，日之夕矣，羊牛下来"，原生态的阔远和苍茫，在黄昏的背景中更加清晰和动人。

许瑶光在《雪门诗抄》中用"鸡栖于桀下牛羊，饥渴萦怀对夕阳。已启唐人闺怨句，最难消遣是昏黄"高度评价了《君子于役》在中国诗史上的开创性地位。可以说，从此诗开始，便逐渐形成了"日夕闺思"的原型和母题。钱锺书先生在《管锥编》里引白居易、司马相如、吕温、潘岳、赵德麟等人的诗赋文句后的评价"取景造境，亦《君子于役》之遗意"，就是对此极有见地的说明。

　　后来，黄昏二字，在浩瀚的文化长河中，已不单单是自然风光和表示一段时间的词素，而是带着一种深沉的质地，以三种情感方式"情人的相思怨别、游子的思亲望乡、文人的迟暮之叹"在我国古典诗词中频频亮相。

　　"日暮乡关何处是，烟波江上使人愁"言乡愁。

　　"过尽千帆皆不是，斜晖脉脉水悠悠"诉相思。

　　"哭损双眸断尽肠，怕黄昏后到昏黄"哭别恨。

　　"东篱把酒黄昏后，有暗香盈袖。莫道不消魂，帘卷西风，人比黄花瘦"状离愁。

　　朱光潜先生由此而总结："情绪的性质一部分由人的素质决定，另一部分由产生这种情绪的环境决定。"

　　所以，沉浸在诗里的我，走啊，走不出。

　　依稀听见小巷深处有人在幽幽唱着：

人说百花的深处，

住着老情人，

缝着绣花鞋。

面容安详的老人，

依旧等着那出征的归人，

……

不想再问你，你到底在何方。

不想再思量，你能否归来么。

想着你的心，想着你的脸。

想捧在胸口，能不放就不放。

王风·大车   问世间情为何物

大车槛槛，毳衣如菼。岂不尔思？畏子不敢。
（cuì）（tǎn）

大车啍啍，毳衣如璊。岂不尔思？畏子不奔。
（tūn）（mén）

榖则异室，死则同穴。谓予不信，有如皦日。
（gǔ）（jiǎo）

〇今译：

大车行走声隆隆，青色衣服如芦苇。难道是我不想你？相
爱只怕你退却。

大车前行啍啍响，红色衣服赤玉般。难道是我不想你？怕
你不敢去私奔。

活着不能同一室，死后同埋一穴坑。我发誓言你不信，就
让太阳作见证。

"榖则异室，死则同穴。"读《王风·大车》，不能不为
女子这句誓言心动，为这一腔不留退路的情愫感动：问世间情
为何物，直教生死相许？

《王风·大车》写一个痴情女子，亦是一个刚烈的女子，
一不小心爱上一个男人，爱得执迷不悟，不可救药，发誓和他
生死与共。

究竟是怎样一个男人，让女子义无反顾？诗中并未详细交代。从"大车槛槛""大车哼哼"可以看出，这是一个出门有车的男人。这辆车，在今天来看绝对称不上豪华，一辆槛槛而行的牛车而已。但你千万别小看了这辆牛车，它在先秦那个时代已经很难得，足以证明他优裕的家世背景，他的名门望族身份。

至于男子的相貌，诗中始终没有正面描述，仅用简短两句"毳衣如菼""毳衣如璊"来描绘男子的衣饰打扮。"毳衣"指一种细羊毛编织的衣服，"毳衣如菼"是说衣服的颜色如初生芦苇一样光鲜耀目。"毳衣如璊"的璊是指赤色的玉，说的是毳衣上的红色如赤玉般惊艳动人。

俗话说：吃饭穿衣亮家当。我们可以在诗句字里行间嗅到丝丝"高富帅"的气息。于是，不见卿卿终身误，一见卿卿误终身。女子一见钟情，欲罢不能。

是的，于今朝，在我们大声吟诵这首《大车》的时候，依旧能听到女子的怦然心跳，感觉到她的热烈情思。她说：岂不尔思？岂不尔思？（难道是我不想你？）她情不能已地在心上人面前说了又说，诉了又诉，那么急切地剖白心声。她怕满腹的浓情蜜意，他感受不到，他不明了。

男人不明了吗？不。男子不是不动情。他和她，金风玉露一相逢，便胜却人间无数。他爱她柔情似水、貌美如花。他如离不开新鲜的空气一般不自觉地靠近，痴迷沉醉于她。

然而这世间，光有爱，是远远不够的。

母亲说，要门当户对。

父亲说，大丈夫何患无妻？朝来寒雨晚来风，直打得林花谢了春红，太匆匆。他回天无力。

她呢，骨子里倔强的女子，从来就不信这个邪。

她笃信男女相爱天经地义，就像日出月升、花开果熟，无可阻挡。这短短一世，遇到一个刻骨铭心的人实属不易，不为所爱拼一次，枉在世上走一回。

千年以后，一个叫简·爱的痴情女子亦喊出同样心声：

你以为因为我穷，低微，不美，矮小，我就没有灵魂，没有心吗？你想错了。我的灵魂跟你一样，要是上帝赐予我美丽和财富，我也会让你难以离开我，就像我现在难以离开你一样。我现在跟你说话，并不是通过习俗、惯例，甚至不是通过凡人的肉体，而是我的心灵在同你的心灵谈话，就像两个人都已经离开了人世，两人一同站在上帝面前，彼此平等。就像我们本来就是的那样！

人生自是有情痴，此事不关风和月。如果爱，深深爱。爱是两颗心的倾情投入，势不可当，关乎身份、地位、金钱何事？

女子想和心爱的男人执手到老，忧虑的是男子的不敢（畏子不敢）；

想和他一起私奔，到一个远离世俗烟尘的地方，修篱种菊，昼出耕田夜绩麻，而担心的是男子的犹疑（畏子不奔）。

面对男子的质疑，她指天为誓，愿青天白日作证（谓予不信，有如皦日），要和心爱的人生不同室，死也要同穴。

这般决绝的誓言出自一个痴情女子之口，绝不是矫情。汉乐府《上邪》有着同样的坚贞专一：

上邪！我欲与君相知，长命无绝衰。山无陵，江水为竭，冬雷震震，夏雨雪，天地合，乃敢与君绝。

现代年轻人亦撕心裂肺大声相和：我早已下定决心，就算全世界与我为敌，我还是要爱你。

总是有情抛不了，无端狂歌无端哭。这世上，几多痴男怨女，他们甘愿以生命作为筹码，执着坚定地践行爱情的神圣。

"生不同室，死也要同穴"的故事，古往今来的版本已然不少。

《华山畿》之同棺，《孔雀东南飞》之化树连枝、化鸟悲鸣，《梁祝》之化蝶，异曲同工地演绎一场场感天动地的生死恋歌。当然，不能不提那个奇丑的敲钟人卡西莫多。

这具尸骨生前那个人是自己来到这里，并且死在这儿的。人们要将他从他所搂抱的那具骨骼分开来时，他霎时化为了尘土。

每次翻到《巴黎圣母院》的最后一段，我都不忍卒读。

爱到极处，飞蛾扑火。低到尘埃里，没有了自己，但他是幸福的。

郑风·风雨　　爱可以这样深情

风雨凄凄，鸡鸣喈喈，既见君子。云胡不夷！

风雨潇潇，鸡鸣胶胶。既见君子，云胡不瘳^{chōu}！

风雨如晦，鸡鸣不已。既见君子，云胡不喜！

○今译：

　　风凄凄呀雨凄凄，窗外鸡鸣声声急。风雨之时见到你，怎不心旷又神怡。

　　风潇潇呀雨潇潇，窗外鸡鸣声声绕。风雨之时见到你，心病怎会不全消。

　　风雨交加昏天地，窗外鸡鸣声不息。风雨之时见到你，心里怎能不欢喜。

一

　　"既见君子，云胡不喜！"读《郑风·风雨》，最是钟爱这一句。

那些年，自个儿心仪的君子，急迫迫的等待，还有望眼欲穿、执手相看泪眼的情节。相见欢，欢着心灵的邂逅，喜着感觉的契然。

一首优美的诗歌带给人们的感受是丰富多彩的，关于《风雨》的主旨，评论家们历来莫衷一是，众说纷纭：

有"乱世思君"说。譬如在殷纣残暴的肆虐下，民众如盼星星盼月亮般地期盼明君。这时，周文王、周武王兵起西岐，剑指朝歌，一时万民欢呼，天下皆庆。究竟当时是怎样的场景，历时久远，已经不能复原，至少周以及周之后的统治者都是这样描述的。那个时候，对周武王，一定是"既见君子，云胡不喜"。

有"怀友"说。这里，君子没有乱世明君那样高尚和万众瞩目，但对于朋友来说，有朋自远方来，不亦乐乎？古代交通不便，即使是生死之交，或者志同道合，想见一面，亦是不易。譬如唐代诗坛双子星李白和杜甫，一生相见不过三次。杜甫写了很多思念李白的诗歌，吟唱他们的友谊。他们相见，确实是"既见君子，云胡不喜"。至于像辛弃疾和陈亮相逢于铅山鹅湖，分离后辛弃疾不舍，又追出数十里，遇到风雪交加阻断路途才停下来，更是这份诚挚的友谊的佐证。"既见君子，云胡不喜。"相见欢，分别苦，君子的友情，本是如此。

还有"夫妻重逢"说。《风雨》是一首反雨怀人的佳作，是一首情深意长的爱情诗。写的是几千年前，在一个风雨交加的雨夜，一个留守女子在丈夫冒雨不期而至时惊喜莫名的心情。如此历经风雨得见彩虹的欣欣然，不知羡煞多少深闺寂寞人。

现在，大多数人比较看好"夫妻重逢"这一说法。

二

莫听穿林打叶声，何妨吟啸且徐行。竹杖芒鞋轻胜马，谁怕，一蓑烟雨任平生。

料峭春风吹酒醒，微冷，山头斜照却相迎。回首向来萧瑟去，归去，也无风雨也无晴。

苏东坡的《定风波》一词写东坡和朋友一行人在山上行走，突然遭遇倾盆大雨，其他人都乱作一团逃去避雨，只有东坡"吟啸且徐行"。我能想象得到他竹杖芒鞋、顶风冒雨胜似闲庭信步的风仪。

只是，这惊艳绝伦的背影是孤独的。能够做到这般旷达飒然，能够站到"不以物喜，不以己悲"的高度，世间能有几人？

自古至今，在文学里，风霜雪雨往往和剪不断理还乱的心绪交相叠映，它们是漂泊的游子静夜中勾勒乡土乡景的悲凉，是空闺的女子伫倚危楼风细细的怅然，是匆匆过客一声叹息策马扬鞭的无奈，是秋水伊人怀恋故人独对黄昏浅唱低眸的凄寒。

诗人汪国真更是晴晴雨雨、雨雨晴晴地追讨到骨子里：

有时，外面下着雨心却晴着；

又有时，外面晴着心却下着雨。

世界上许多东西在对比中让你品味。

心晴的时候，雨也是晴；

心雨的时候，晴也是雨。

行走苍茫人世的你我，总是这样，不经意间，风雨来袭，防不胜防。

《风雨》短短三章，每章首二句，均以风雨、鸡鸣起兴，重笔描绘出一幅寒冷阴暗、鸡声四起的背景图。只是，本是怀人题材，开端未见之前绵绵无尽的相思苦情，结局亦未见相见之后载笑载言的团圆之乐，而是浓墨重彩"既见"之时的喜出望外之情。可见，诗人早已深谙"诗文当如画，三分留白之"的创作技巧，并另辟"以乐景写哀，以哀景写乐，一倍增其哀乐"之蹊径。

是的，呆呆地立着，面无表情地望着，忘记了时间，空间，忘记了空中忽来忽去的流云。突然之间，狂风大作，风雨交加，天色如大幕降下，一下子变得晦暗如墨，院子里鸡犬不宁，躁动不安起来。

雨来了。风刮大了。窗子噼里啪啦，满院树影凌乱，树梢瑟瑟颤抖。她如一只受惊的兔子一般，几步跳进屋里，兀自躲在帘子后面惶惑不安。

此时，大门被拍得山响。自家门外霍然出现的是他，她出远门的丈夫。

今天，现在，他归来了。

斯时，外面的风雨再也不狂乱，外面的漆黑再也不恐怖。她扑倒在爱人怀里，喜极而泣。

未见丈夫之前，思念有多么的苦寂，多么的难熬，多么的强烈；见到丈夫后，心旌就有多么的惊颤，多么的激扬，多么的痴狂！

唯美的画面，激动人心的情节。诗歌遭遇爱情，总会有很美的意境和动人的结局。

好的诗歌就应该是这样的，仁者见仁，智者见智，只描述瞬间场景，却道出万千人的心声。文学评论经常说："一千人眼里有一千个哈姆雷特。"又说："写人人心中有，而未能道出之意境。"两千多年前的《郑风·风雨》做到了。

《郑风·风雨》的典型意义，还在于为"既见君子"设置的场景。

无论"君子"是君主，还是道德高尚的人，还是朋友，或者丈夫，总之，是心中所期所盼的美好。世上美好的事物，得之太易，就不知珍惜，就会忽略了它的价值。

所以，《郑风·风雨》，为"既见君子"设置了重重阻碍。

"风雨凄凄"，凄凄，指寒凉的意境。风吹雨淋，寒意逼人。"风雨潇潇"，潇潇，形容风雨既大又疾。暴风骤雨，使人心颤。"风雨如晦"，晦，指黑夜。风雨太大，以至于天昏地暗。

现代人喜欢说"不经历风雨怎么见彩虹，没有人能随随便便成功"，正好和《郑风·风雨》形成印证，越是美好的东西，越难以得到。反之亦然，越是难以得到的，才越发显得那样可贵。

既见君子，云胡不夷！既见君子，云胡不瘳！既见君子，云胡不喜！

在风花雪月的年华里，温情主义至上，更多的人，希望"君子"就是丈夫，就是情人，希望风雨如晦之后，有一次惊喜的相见，心动的牵手。

因为爱你，所以我才会这样深情：

坐在你的身边是种满足的体验。

看你看的画面，

过你过的时间。

天也晴了，花也开了，

微风也沉醉。

卷三　佳期如梦，幸福像桃花盛开

卷四

烟火人家，远古的似水流年

邶风 · 谷风　　山盟海誓皆成空

习习谷风，以阴以雨。黾勉同心，不宜有怒。
采葑采菲，无以下体。德音莫违，及尔同死。

行道迟迟，中心有违。不远伊迩，薄送我畿。
谁谓荼苦，其甘如荠。宴尔新昏，如兄如弟。

泾以渭浊，湜湜其沚。宴尔新昏，不我屑以。
毋逝我梁，毋发我笱。我躬不阅，遑恤我后。

就其深矣，方之舟之。就其浅矣，泳之游之。
何有何亡？黾勉求之。凡民有丧，匍匐救之。

不我能慉，反以我为雠。既阻我德，贾用不售。
昔育恐育鞫，及尔颠覆。既生既育，比予于毒。

我有旨蓄，亦以御冬。宴尔新昏，以我御穷。
有洸有溃，既诒我肆。不念昔者，伊余来墍。

○今译：

　　山谷中大风飒飒作响，忽而阴云密布雨水倾注。我们努力同心到如今，你没理由如此动怒怄气把我伤。有谁采集蔓青和萝卜，会放弃块根不收取？你不该背弃往日誓言："与你生死相依两不忘。"

　　我踏上去路的脚步迟缓又踉跄，心中充满凄楚和惆怅。只求近送几步不求远，哪知你仅送我到大门口。谁说荼菜味苦难下咽，我吃来却像荠菜甜又香。你们快乐地新结姻缘，亲密得就像兄弟俩一样。

　　泾水因渭水流入变浑浊，水底清澈如故明如镜。你们快乐地结姻缘，不要无理把我来诽谤。别到我修筑的鱼坝去，也别碰我编织的捕鱼筐。我的自身还不能见容，又怎能顾及我去后的情况。

　　就像到了深深的河流，须用木筏小船来来往往；好比到了浅浅的溪水，便可以浮着游着来到岸上。往日家中有什么没什么，我都为你尽心操持奔忙。凡是邻居有了难事，我就算爬着也要前去相帮。

　　你不能体谅我也就作罢，反把我当作仇敌孽障。拒绝了我的一片好心，就像货物无法脱手交账。以往我们生活贫困交加，我与你一起患难同当。如今家境有所好转，你却把我当成毒物祸殃。

　　我准备好美味的菜食贮藏，为了度过冬季的匮乏时光。你们快乐地缔结姻缘，却用我的积蓄把贫穷抵挡。你粗声恶气地拳脚相加，还把苦活狠压在我肩上。全不顾惜当初的情意，"唯我是爱"只是空梦一场。

一

《谷风》和《氓》，以及《中谷有蓷》《遵大路》《白华》
等是《诗经》中比较著名的弃妇诗。

关于婚姻，托尔斯泰曾有这么经典的一句总结："幸福的
家庭都是相似的，不幸的家庭各有各的不幸。"所以，这五篇
诗歌在故事情节、人物性格等方面虽风格不一，而主题却殊途
同归。

通过这些诗歌，我们得以洞察当时的婚姻家庭状况，了解
男尊女卑的社会现实，感受上古时代女子的气质和美德。

在写出"美德"这个词的时候，毫不矫饰地讲，我的心似
飞针走线一般惊悚一痛。和"气质"相比，在这里，它实在辛
酸无比。

如果，因为成就一桩美德，而让自己短暂的一生，锁定在
源源不断的不幸里，湮没于经年不息的隐忍里，酸楚无奈不可
说，岂不是大大辜负了仓颉造字的初衷？

这些被冠以弃妇的女子们，出嫁前，谁不是花一般的颜色，
玉一般的性情；又哪个不是父母的娇娇女、掌上珠？只为遇上
他，爱了，恋了，抛家舍业，离别爹娘，义无反顾地投靠爱投
靠他，投奔幸福而去。尽管拜别爹娘时涕泪涟涟，恋恋不舍，
可在心底，仍是飞一般地向往，甜蜜汪洋肆意。

　　张爱玲说，人生最大的幸福，是发现自己爱的人正好也爱着自己。可惜现实生活中的爱情并不那么对等。当爱的越多，付出的越多，自己会发现自己的卑微。这话说得毫不含糊。和"你爱的贪婪我爱的懦弱，眼泪流过，回忆是多余的"异曲同工。

　　习习谷风，以阴以雨。黾勉同心，不宜有怒。采葑采菲，无以下体。德音莫违，及尔同死。

　　女子是聪慧的，她只是拿天气的阴晴不定说事，喻指男子性情变化无常，全不是旧时温情模样，好似采集时只取植物叶茎而丢弃有用的块根一样忘记根本，忘却她从前的诸般好。

　　"我依然是原来的我，你动辄发怒怄气啥事理？家和万事兴，夫妻同心，其利断金。"在这里，我禁不住要替女子大声疾呼，疾言厉色地声讨一回。

　　只是，疾言厉色也罢，和颜悦色也罢，男人心已至此，又有什么作用？徒增伤感罢了。

　　于是，她独自徜徉在回忆里。记忆愈是痛彻，愈是刻骨难忘。

　　她记得，他的满眼春色，处处用心，说着"与你生死相依两不忘"的誓言，他深情的眸子呀，直横横地望到她同样深情的眼眸里，拔也拔不出来。

　　然而，誓言依旧在手心温热的时候，他却莫名地疏离，既而像七月的天空，阴晴不定，喜怒无常。后来，他和她，感情不再，各奔东西。

行道迟迟，中心有违。不远伊迩，薄送我畿。谁谓荼苦，其甘如荠。宴尔新昏，如兄如弟。

那个男人，也曾和她恩恩爱爱，同甘共苦，白手起家；

那个男人，也曾和她信誓旦旦，卿卿我我，夫唱妇随。

相亲相爱又相依的日子里，他们生活安定，衣食无忧。岁月如水，似乎原本就该这般波澜不惊，女子以为这般平静的生活会一如既往，今生今世，欢喜无限。哪承想，男人喜新厌旧，另觅新欢，上演了另一阙的《木兰花令》：

人生若只如初见，何事秋风悲画扇？等闲变却故人心，却道故人心易变。

骊山语罢清宵半，夜雨霖铃终不怨。何如薄幸锦衣儿，比翼连枝当日愿。

《木兰花令》以弃妇的口吻谴责负心的锦衣郎。原本两情相悦，恨不能朝朝暮暮是值得欣慰的事情，然而如若知道迟早分离，倒不如保持"初见"时那种若即若离的美好。变心的人往往率先为自己开脱，指责无端被弃的一方先变了心。诗人引用七夕长生殿的典故，谴责薄情郎背信弃义，海誓山盟皆成空。

无独有偶，《木兰花令》和《谷风》中的女子俱是天涯被弃人。

诗章二，于不动声色中铺展阔大的场景，一幅是"不远伊迩，薄送我畿"的绝情、冷漠，另一幅是"宴尔新昏，如兄如弟"

的热闹、亲密，两边各自拉开阵势，凸显了丈夫的无情和女子被弃的凄凉。

他打发她回去。她臆想着身边的他一定会顾念之前恩爱，亲自把她送回娘家去；不想迟迟疑疑刚到门口，他就再不想多迈一步。她恋恋不舍，一步三回头，望去的只是他掉头疾去的背影。

他急着去做什么，当然是准备婚礼去了。燕尔新婚，他又复从前的温情和顺，笑逐颜开，迎娶新嫁娘，待新人像手足一般情深意笃，缱绻柔情。那副熟悉的面孔多么可憎，令人生厌！

对于她这个用情专一、为美好生活献出了一切的女子来说，没有比这一刻更让人哀怨欲绝的了。几百年后，老杜打抱不平，吼出一句"但见新人笑，那闻旧人哭"，令天下人唏嘘。

在这里，需要郑重说明的是，她之所以斤斤计较于"送"，缘于这"送"一说在古礼中颇有讲究。班固《白虎通·嫁娶》云："出妇之义必送之，接以宾客之礼。""出妇"指休弃妻子，这句话的意思是说，对于离婚的妻子，丈夫一定要送她回到娘家，并且要对她客气一些，因为她已不是你的妻子了。

终究夫妻一场，男子像丢弃一块不用的沫布一般冷漠地丢开她。她的委曲求全唤不来他片刻的怜惜，怎不令她心伤？

此外，"如兄如弟"一词，断不可望文生义瞎联想，古人重血缘关系，所以常以兄弟比喻夫妇。

二

女子和丈夫离婚了，离得极不情愿。而丈夫旋即燕尔新婚，我想，大多数女人遇到这样的事都会悲愤不已。所以，以下几章的凌乱、唠叨、抱怨、愤恨，就再正常不过了。

从诗中可以看出，女子是个贤良和善、聪慧能干的女子，同时，她固执、痛苦和落寞。

男人，恰好相反，他沉浸在新婚的喜悦里。

悲伤的秋千总有微风陪伴，孤寂的夜，天上的星星都隐没了光芒。所有黑色的风开始呼啸，女人在风声雨声里无路可逃。似乎，每一寸呼吸都吞吐着哀伤的声息，呜咽难声。

"泾以渭浊，湜湜其沚"，这一句是用泾水因渭水流入表面变浊而其底仍清，来自喻女子尽管被丈夫指责却依然不改初衷的清白。

河深舟渡、水浅泳渡是说以往生活不论有何困难，她都想方设法予以解决，可是依旧遭到丈夫的冷淡。"贾用不售"比丈夫的嫌弃，"比予于毒"喻对己的憎恶。

女子把自己往日的辛劳比作御冬的"旨蓄"，将丈夫的虐待喻为湍急咆哮的水流。这些比喻，取喻浅近明白，无不切合被喻情事的特征，增强了作品的艺术表现力。

诗歌里三处出现"宴尔新昏"，是因为这一句是男女主人公矛盾冲突之焦点，它突出和强调了丈夫背信弃义对女子产生的强烈刺激。女子无法忍受眼前的这一现实，更不能以平常之心来接受这一现实，越是刺心伤怀越是不可回避，越是不可回避越是刺心伤怀。所以她耿耿于怀，反复咏之，哭天抢地。

这世间最美好的是时光。时光小舟承载着人生诸多美好的图景，人来人往。

这世间最残酷的亦是时光。时光之旅带走了她的美丽，冷固了他的温情，湮灭了他们之间的柔情蜜意。海誓山盟皆成空，徒留一片冰冷的虚无。

在那个以男权为中心的社会，作为弱势群体的她没有反抗能力，没有谁来为她主持公道。她孤立无助，只能借助诗歌户声哭诉，苦苦凄怨，泪流千年。

有些心情于人是共通的，不管中间隔了多少时光，令我们疼痛的都是一样的东西。

喜新厌旧，令女子从远古一直怨愤到今朝，这不仅是她的悲剧，也是人性缺陷所带来的永恒的悲剧。

"至高至明日月，至亲至疏夫妻。"天下最亲密的关系是夫妻关系，而天下最危险、最脆弱的关系也是夫妻关系。

茫茫宇宙人无数，几个男儿真丈夫？

习习的谷风呀，依旧南北东西猛烈地吹。看那西山，已然云散……

召南·鹊巢　谁人记得当初那些温柔

维鹊有巢，维鸠居之。之子于归，百两<ruby>御<rt>yà</rt></ruby>之。

维鹊有巢，维鸠方之。之子于归，百两<ruby>将<rt>jiāng</rt></ruby>之。

维鹊有巢，维鸠盈之。之子于归，百两成之。

○今译：

喜鹊筑巢在树上，布谷飞来就居住。姑娘就要出嫁了，百辆大车来迎她。

喜鹊筑巢在树上，布谷飞来占有它。姑娘就要出嫁了，百辆大车护送她。

喜鹊筑巢在树上，布谷飞来占满它。姑娘就要出嫁了，百辆大车迎娶她。

喜鹊是国人喜爱的一种鸟。之所以喜欢，一是它名字起得好，充满喜庆。二是叫声欢快，有吉祥的预兆。另外一个缘由就是，它还是一个特别能吃苦耐劳、安居乐业的主儿。

喜鹊可是公认的筑巢能手。有科普说："喜鹊营巢，常历时很久，从开始衔枝到初步建成巢的外形要两个多月，加上内部工程全部结束，约需时四个月。鹊巢的外部枝条纵横，貌似很粗糙，其实它的全部结构非常复杂、精细。"

小小巢窠，四个月的工期，可谓工程浩大。其复杂、精细，在这里不一一赘述，单讲这几句，就足以让我产生许多钦佩之情。

鸟儿如果能住在这样的巢里，眼观六路，耳听八方，晒晒太阳，吹吹小风，再舒适不过了。喜鹊又是善于助人为乐的，鹊桥相会天下闻名。所以就有其他懒惰的鸟儿来打它的主意了。譬如那只叫作鸠的鸟。

成语"鸠占鹊巢"出自《召南·鹊巢》，是说斑鸠或杜鹃不会做巢，强占喜鹊的巢住之。话说这斑鸠和杜鹃太不像话，竟敢明目张胆强占民宅，确实罪该讨伐。

《召南·鹊巢》讲的就是这么一个鸠占鹊巢的事件。不过，诗人笔法含蓄，将这场不可抑制的忧伤掩藏在一场盛大喜庆的婚娶场面上，读来让人怆然。

"之子于归，百两御（同"迓"，迎接）之"和后面的"百两将之""百两成之"，都是写女子出嫁时婚礼的壮观场面：姑娘今天要出嫁，规模不是一般的盛大：

从前看，前呼后拥的迎亲队伍呼啦啦地排开阵势，衣饰光鲜；

往后瞧，满载财物的大车一辆接着一辆，络绎不断（"两"即"辆"）；

天空中，大红大绿的彩绸飘舞起来，占满视线，花枝招展；

街市上，看热闹的，来祝贺的，人头攒动，接踵摩肩，俨然一场欢天喜地的盛宴。

良辰美景，赏心乐事。婚礼乃人生中的大事，现代是，古代亦是。诸如《桃夭》："桃之夭夭，灼灼其华。之子于归，宜其室家。"字里行间，跳跃着歌者从内心发出的对新娘子的赞美，以及对"宜其室家"的祝福之情。

另有《卫风·硕人》这首诗，除了以"四牡有骄，朱幩镳镳，翟茀以朝"来展示齐侯之女庄姜，出嫁卫庄公这场跨国婚礼的盛大排场外，还有"手如柔荑，肤如凝脂。领如蝤蛴，齿如瓠犀。螓首蛾眉，巧笑倩兮，美目盼兮"这几句，来形容新娘的绝世美颜，衬托婚礼的不寻常。

可再来读《鹊巢》这首诗，品之又品，析之又析，只见颂婚诗的排场，却无颂婚诗的喜感。

短短三章，重章复沓，有着一语双关和字字牵连的机智，诗句反复吟唱的是维鹊有巢、维鸠居之，鸠坐享其成的事理，像是一个人的愤愤不平、心灰意冷，还有那么多的无可奈何。

多年前的繁华耀眼，于这一刻光彩散尽，那些过往，林花谢了春红，太匆匆。她可以自己琢磨，可以浏览，可以追忆。但是，已逝的爱，再也不能试图去拥有。命运投掷在她面前的，只是一个虚无的、巨大的黑洞，没有什么可以真正属于她了。

可是，女子没有悲恸幽怨，在貌似平静的讲述中，非常强悍地隐忍着，这是一场沉默下的惊涛骇浪。

意识渐行渐远。这隐忍，渐次沦落为堆积情感的一个空间，不断地遭受强迫、挤压。于是，口中的歌便成为一种宣泄工具，她嘶哑地唱，情不能已：

维鹊有巢，维鸠居之。之子于归，百两御之。

维鹊有巢，维鸠方之。之子于归，百两将之。

维鹊有巢，维鸠盈之。之子于归；百两成之。

"但见新人笑，那闻旧人哭。"喧嚣的够喧嚣，落寞的够落寞。她一个人站在那里，撕心裂肺，独自流泪。

离歌好唱，情爱难忘。

这个世界，只给了她一个容身之所，却没有予她一份可以托付终身的爱情。让她这样，城池沦落，十面埋伏，孤立无援。

谁还记得，

是谁先说永远地爱我？

以前的一句话，

是我们以后的伤口。

过了太久，

没人记得当初那些温柔。

我和你手牵手，

说要一起走到最后。

卫风·氓 物是人非事事休

氓之蚩蚩（chī），抱布贸丝。匪来贸丝，来即我谋。

送子涉淇，至于顿丘。匪我愆（qiān）期，子无良媒。

将（qiāng）子无怒，秋以为期。

乘彼垝垣（guǐ yuán），以望复关。不见复关，泣涕涟涟。

既见复关，载笑载言。尔卜尔筮（shì），体无咎（jiù）言。

以尔车来，以我贿迁。

桑之未落，其叶沃若。于嗟（xū）鸠兮，无食桑葚！

于嗟女兮，无与士耽！士之耽兮，犹可说也。

女之耽兮，不可说也。

桑之落矣，其黄而陨。自我徂（cú）尔，三岁食贫。

淇水汤汤（shāng），渐车帷裳（jiān cháng）。女也不爽，士贰其行。

士也罔极，二三其德。

三岁为妇，靡室劳矣。夙兴夜寐，靡有朝矣。

言既遂矣，至于暴矣。兄弟不知，咥（xì）其笑矣。

静言思之，躬自悼矣。

202

及尔偕老，老使我怨。淇则有岸，隰则有泮。
总角之宴，言笑晏晏。信誓旦旦，不思其反。反
是不思，亦已焉哉！

xi

○今译：

　　农家小伙笑嘻嘻的，抱着布匹来换织布的丝。其实你哪里是来换丝，不过找个借口商议婚期。我送你渡过淇水河，到了顿丘才依依不舍道别离。并不是我有意误佳期，而是你没有良媒来提亲。请你休要发脾气，等到秋天来了再订婚期。

　　我每天攀上破城墙，遥望着你住的方向。望不见你，心有忧伤泪千行。见到你来，说说笑笑喜洋洋。你家占卜又问卦，没有凶兆心欢畅。你赶着婚车来迎娶，我带着嫁妆随你往。

　　桑树叶子未落时，枝叶嫩绿又鲜活。斑鸠啊斑鸠，贪嘴别把桑葚啄。年轻姑娘要警醒，别对男人太痴情。男子沉溺恋情中，要丢便丢好解脱。女子沉溺恋情中，最后自己吞苦果。

　　桑叶枯黄随风落，我的容颜渐次老。自从嫁到你家来，多年贫困苦煎熬。淇水茫茫波涌波，也没我的泪水多。思前想后我没差错，是你变心抛弃我。反复无常无情意，三心二意耍花招。

　　嫁入你家这些年，家务繁重一人挑。起早贪黑无怨言，年复一年勤操劳。对你言听计又从，你却对我施凶暴。兄弟不明

我处境，不作体谅还嘲笑。静下心来细思量，暗自神伤将泪抛。

当初发誓偕白头，这样来想是徒劳。淇水滔滔终有岸，沼泽虽宽亦有边。回想初见多欢乐，天真烂漫情深厚。海誓山盟犹在耳，哪料遗忘脑后边。既然你做负心汉，从此分手不相干。

这是一个爱情故事，不是童话。这是一个三千年前的爱情故事，但仿佛就在眼前。

也许男女主人公经历过《关雎》中"辗转反侧""寤寐求之"，但他们绝没有"执子之手，与子偕老"。

我们来看爱情的女主角是如何向我们倾诉的。

人生若只如初见。爱情的初始总是美好的。虽然女主角省略了他们相识相恋的过程，但我们从开篇的故事中还是找到了他们情思缠绵的印记。

氓之蚩蚩，抱布贸丝。匪来贸丝，来即我谋。送子涉淇，至于顿丘。匪我愆期，子无良媒。将子无怒，秋以为期。

"氓"，指失去土地的农民。不，也许不应该称他们为农民，他们应该是最早的手工业者，或者商人。

你看，故事的男主人公"抱布贸丝"，就是拿着"布"去换一些"丝"。这或许就是他的职业，或许他以此糊口。那个时候，他们地位低下，只能住在城外。

"蚩"是老实的样子，在女主人公眼里，这样的情人，结了婚一定很会过日子，会很可靠。

男人是有心思的。"匪来贸丝，来即我谋"，卖布只是个幌子，他是来找心上人，向女主人公商量婚事的。

他们应该有过约定。"匪我愆期，子无良媒。""愆"是耽误的意思。女子被男子的柔情蜜意所蛊惑，不假思索地答应了婚期。但是父母之命，媒妁之言，没有媒人怎么向父母开口呢？

上古的爱情，男女少了几分矜持，多了几分直率。尽管"子无良媒"，但婚姻不仅仅是男人的翘首以盼，也是女人的殷殷期许。送别男人的时候，女生已经决定毅然决然地为了爱情而抛却世俗，安慰男人"将子无怒"，直接答应男人"秋以为期"了。将，请求的意思，就像我们比较熟悉的《将进酒》中"将"。

奋不顾身的时候总是美丽动人的。那个地方，也许会成为女子一生最甜蜜的记忆。而离别之情又是悲凉苦涩的，那个地方，承载着女子对男人的相思。

那个地方叫淇水。"送子涉淇，至于顿丘。""丘"，一般指隆起的高台，顿丘是地名，就在淇水的沿岸。"相思更比柳丝长"，顿丘应该是有柳的吧，其实比柳丝更长的是"淇水汤汤"。

淇水在河南省的鹤壁市。那个时候，这里属于卫国。除《氓》之外，《诗经》中《卫风·竹竿》《卫风·淇奥》《卫风·有狐》《邶风·泉水》《鄘风·桑中》等几首诗都提到淇水。一直以为古人离我们很远，《诗经》离我们很远，而当我第一次站在淇河边时，想起《诗经》里的句子，忽然觉得，他们其实就在触手可及的地方。

水滋养了人的生命，水也滋生着爱情。《诗经》里的爱情，大多因水而情思荡漾。《关雎》是在河之洲，《蒹葭》是在水一方，《氓》，不也是吗？

其实，除《卫风·淇奥》外，淇水在《诗经》里，流淌的无不是涓涓爱情之水。

相思无尽。特别是期待婚姻的女子。

乘彼垝垣，以望复关。不见复关，泣涕涟涟。既见复关，载笑载言。尔卜尔筮，体无咎言。以尔车来，以我贿迁。

登上那倒塌的墙，遥望那往来的人。没看见自己想念的人，眼泪簌簌地掉下来。

女子在焦急中盼望，每天做最多的事就是"乘彼垝垣"，"垝"和"垣"都是指墙，"复关"是往来要道所设的关卡。男人迎娶女生，一定会经过那里。一次次的等待，一次次的失望，伴着女子的，只能是"泣涕涟涟"，涟涟是流泪的样子，我们仿佛看到了痴情的女子脸上淌不尽的泪水。

只是相思，只是情痴？也许女子心中有怕。怕什么呢？婚姻是一种承诺，那份沉甸甸的承诺，会成为暮春的落花，在最绚丽的时刻飘然而逝吗？

还好，女子的爱情没有埋葬在复关的泪水中。那个男子，带着卜师的神谕而来："尔卜尔筮，体无咎言。"男子的卦里，全是元亨利贞。他选了个好日子，迎娶新人来了。

男人很穷，但女子贪图的不是富贵，只是男人那颗有她的心。只要来一辆车，女子已备好嫁妆，载笑载言地等待着那个美好的日子。"贿"在这里指妆奁。

这是多么美好的爱情，"有情人终成眷属"，相互取暖，从一而终，就像童话里的结局，两个有情人从此过上了幸福的生活。

就让时光停留在这里吧！仿佛一场美梦，惊醒了就是一地碎片。

婚姻是爱情的坟墓，谁说的？一直以为这是现代人的堕落和无奈，然而，《诗经·卫风·氓》告诉你，那一场游戏，一玩就是三千年。

你不比古人更聪明。

桑之未落，其叶沃若。于嗟鸠兮，无食桑葚！于嗟女兮，无与士耽！士之耽兮，犹可说也。女之耽兮，不可说也。

《诗经》中关乎爱情的，不仅有水，而且有桑。《诗经·大雅》中有"妇无公事，休其蚕织"。当时，妇女们主要的生产活动就是采桑养蚕。我们可以想象，美丽的女子在春天青翠的桑林出没的情景。花多必然引蝶，繁茂的桑叶遮挡着外面人的视线，松软的土地散发原始的野味，柔软鲜嫩的枝条不计成本地挥洒着春天的气息……

桑林，实在是一个男女谈情说爱的绝佳场所。

爱情随桑叶的繁茂而生长。"桑之未落，其叶沃若。"桑叶润泽丰茂，一如女子美丽的容颜和丰盈的心田。

桑树结出的果实，叫桑葚。鸠是斑鸠，传说斑鸠吃桑葚过多会醉，就像女子陶醉于爱情。

爱情中，容易受伤的总是女人，因为女人更容易被感情困扰，而男人则容易摆脱出来。

"爱情只是男人生涯中一段插叙，却是女人生命的全部篇章。"法国作家斯达尔夫人的名言，印证了三千年前的这个故事。

桑之落矣，其黄而陨。自我徂尔，三岁食贫。淇水汤汤，渐车帷裳。女也不爽，士贰其行。士也罔极，二三其德。

时间是爱情的杀手，当"白富美"变成黄脸婆，就像枯黄陨落的桑叶，再也难以吸引男人的目光。尽管"自我徂尔，三岁食贫"，嫁到你家多年，忍受了多年的贫穷和饥寒，但还是难以挽回那终将逝去的爱情。不为别的，只是因为男人朝三暮四、三心二意。

淇水波涛滚滚，见证了那段戛然而止的爱情，打湿了女子返回娘家的车帷。还是顿丘相送的淇水，还是"以尔车来"时涉过的淇水，景色依旧，物是人非。

三岁为妇，靡室劳矣。夙兴夜寐，靡有朝矣。言既遂矣，至于暴矣。兄弟不知，咥其笑矣。静言思之，躬自悼矣。

为妻多年，起早得黑，辛苦劳顿，夜以继日。但是，不仅没有得到男人的好，时间长了，还经常受到男人暴力虐待。父母本来就反对这门婚事，如果娘家的兄弟姐妹知道了，一定会耻笑的。女子思前想后，只有独自悲伤。

> 及尔偕老，老使我怨。淇则有岸，隰则有泮。总角之宴，言笑晏晏。信誓旦旦，不思其反。反是不思，亦已焉哉！

执子之手，与子偕老，是每个女人曾经的愿望。但相伴到老又如何？只能增加更多的怨恨罢了。我们的女主人公想起二人初相识时那些美好的时光，想起初相恋时那些旦旦誓言，一切都成过往云烟，如同阔大的淇水也有河岸，再大的湿地也有边沿，就这样吧，忘记吧，让一切走远！

这是古老的爱情悲歌，这是最早的弃妇怨曲。他们是自由恋爱，没有为父母之命、媒妁之言阻隔，却因男人的不负责任、背信弃义而将爱情埋葬。

真正的爱情，只有经过时间的淬炼，才能抵达生命的终点。

"于嗟女兮，无与士耽！"避免这样的爱情悲剧，最好的办法只有放下，决绝地离开。把爱情当成人生的一次花开，而不是生命的全部绽放。

也许，这就是《氓》的启示。

邶风·终风　　爱是含笑饮酒且易醉

终风且暴，顾我则笑。谑浪笑敖，中心是悼。
^{xuè}

终风且霾，惠然肯来。莫往莫来，悠悠我思。

终风且曀，不日有曀。寤言不寐，愿言则嚏。
^{yi}　　　　　^{wù}

曀曀其阴，虺虺其雷。寤言不寐，愿言则怀。
^{huǐ}

○今译：

　　大风阵阵雨狂急，见我他就嘻嘻笑。调戏放肆真胡闹，让我内心常悲凄。

　　大风阵阵尘土扬，相爱他就来我房。顷刻间不来不往，让我心里日思夜想。

　　大雨阵阵日无光，天刚放晴又变阴。夜半犹难入梦乡，愿他喷嚏知我心。

　　天色阴晦暗无光，雷声隐隐远处响。夜半犹难入梦乡，愿他悔悟把我想。

一

　　关于爱情，曾盛传这样一段话：每个人的一生都会遇到四个人，第一个是你自己，第二个是你最爱的人，第三个是最爱你的人，第四个是与你共度一生的人。生活最爱开玩笑，你最爱的，往往没有选择你；最爱你的，往往又不是你最爱的；而最终跟你共度一生的，偏偏不是你最爱，也不是最爱你的，只是在最适合的时间出现的那个人。

　　可怜的"每个人"，短短一辈子，磨难一大堆，幸运者有几？感情的事，无论古今，都是最棘手、最伤人，剪不断、理还乱的大麻烦。

　　你呀你，千不该万不该，悔不该爱上一个不该爱的人。

　　这也是《终风》女主人公的难言之隐。

　　《终风》写的是一个女子不幸遭无德恋人遗弃，而她自己还留恋不忘，希望他能回心转意。多么痴情、无奈的情感！

　　这里的无德，并不是对这个男人心存偏见，曲意诽谤。不用我居心铺排，他的劣迹在字里行间足见端倪。

　　终风且暴，顾我则笑。谑浪笑敖，中心是悼。

　　终风且霾，惠然肯来。莫往莫来，悠悠我思。

　　"顾我则笑""谑浪笑敖"说的是男人一见女子就没个正形地嘻嘻笑，并且戏谑调侃一派胡闹。女子本名门闺秀，一个温柔贤淑的良家女子，对他的放荡行为既惶惑不安，又舍不得放下。

好像一直流行这样一种说法：男人不坏，女人不爱。以至于男人们都攒足心思向这个"坏"靠拢。玩世不恭，油嘴滑舌，开口吃喝玩乐，闭口江湖义气。或许正是这种无所谓的随波逐流的派头，漫不经心的眼神，无伤大雅的调侃和坏笑；再加上脑瓜灵便，嘴巴殷勤，不管真情还是假意，刻意为之的呵护、疼爱，时不时变戏法般造点浪漫情调，让女人受宠若惊，感激涕零，让未谙世事的她们倍感另类新奇，挡不住诱惑而荡心动魄，无力抗拒。

这样的男人，往往身边从不缺少女人，处处莺歌燕舞，他满眼春色，四处留情。这也是令《终风》的女主人公恨得牙根痒痒之处。情到深处惹怨尤，不期然，她成了怨妇一个。

二

缘于"姻缘本是前生定，不是冤家不聚头"一说太深入人心，在国人心目中，婚姻有着很深的宿命论。而有些女人对于异性，更愿意执信自己的直觉。天真到认为浪子回头，相信负心郎有一天会幡然悔悟，来和她言归于好，相依相伴，慢慢到老。于是就有了下面的诗句：

　　终风且暴，不日有暴。寤言不寐，愿言则嚏。
　　暴暴其阴，虺虺其雷。寤言不寐，愿言则怀。

诗歌依然是以天气状况作比，引出下文。一来比拟男人的性情粗野，举止暴虐，朝秦暮楚，如天气一般变化无着，不可捉摸。另外也隐喻女子心情晦暗，心头不断遭遇狂风暴雨突袭，狼藉一片。

"不以物喜，不以己悲"向来是先哲的事情，凡人只有自己头顶那片天的阴晴圆缺，尤其女人。

需要说明的是，《诗经》中《国风》部分多次言及风、雨，凡与天阴、天雨相联系，也多与男女情感有关。

在这里，女主人公有着格外投入的表情，那份痴心眷眷，念念于怀，秋雨晴时泪不晴，寂寥夜深仍无眠。

为爱吃苦的人，后来发现那爱情剩下很少很少，而那一点又那么渺茫，没有希望。可因为当中吃过许多苦，所以保留的一点儿弥足珍贵，不想轻易放弃。于是，黏着，念着，到后来，除了一份痴心，还有一份迷心，百般纠缠。

张小娴说过："爱是很卑微的，很卑微的，尤其是那个人不爱你的时候，爱是含笑饮毒酒。"谁也不想饮鸩止渴，可没办法，刻意中毒的她，不惜步步抛弃自尊。其实，爱情犹如一杯酒，很容易令人心醉的酒。

奈何等不到来日方长，走不到白发苍苍。

只因为，爱上一个不该爱的人。

召南·行露　　**不畏强权要抗婚**

厌浥行露，岂不夙夜，谓行多露。

谁谓雀无角？何以穿我屋？谁谓女无家？何以速

我狱？虽速我狱，室家不足！

谁谓鼠无牙？何以穿我墉？谁谓女无家？何以速

我讼？虽速我讼，亦不女从！

○今译：

　　路上露水湿漉漉，难道我不想早出门？怕只怕露水湿我身。

　　谁说麻雀没长尖尖嘴？它凭什么啄破我的屋？谁说你还没

有娶妻？凭啥把我抓进官府？就是把我抓进官府来，你逼婚的

理由也是强词夺理。

　　谁说老鼠没长尖尖牙？它凭什么钻透我的墙？谁说你没有

娶妻成家？凭啥借官府把我欺压？就是官府把我抓进来，我宁

死也坚决不嫁你！

　　祖母喜欢豫剧，自然，喜欢跟着祖母的我，也耳濡目染，

听了不少优秀的豫剧曲目。

记得有一出《杨八姐游春》，唱词特别有创意、有味道。讲的是大宋年间宋仁宗在包拯包大人的保驾下，微服出行，偶遇郊外游春的天波府八姐九妹，仁宗对天仙佳人般的杨八姐一见倾心，回朝后魂不守舍，定要娶八姐入宫做贵人。他派包大人带着圣旨去天波府提亲。佘老太君看过圣旨，暗骂昏君无道："江山万里你不爱，偏要我杨家戴花人。我有心不许女儿杨八姐，他定说老身我欺君。"

杨家将本是一门忠烈，佘太君又是何许人也，那可不是一般的老太太，巾帼英雄，文武双全，怎能屈服皇帝老儿这般龌龊事，把女儿送进火坑。她眉头一皱，计上心来："低头一计有有有，要上个礼单叫他无处寻。"皇帝娶妻不亦是必须准备彩礼吗？于是，佘太君就列出了如下礼单：

要你东至东海红芍药，西至西海牡丹根，
南至南海灵芝草，北至北海老龙鳞。

要你一两星星二两月，三两清风四两云，
五两火苗六两气，七两炭烟八两琴音。

雪花晒干要二斗，冰琉子烧灰要二斤，
井里塌灰要二斗半，人参汗毛要七斤。
……

这些彩礼，那是令人万想不到、千古称奇，天上难找，地下难寻，难为得老皇帝狂吐血、要撞墙，明着就是不想让八姐嫁过去嘛。

杨家胆敢抗旨不遵，这可惹恼了一言九鼎的皇帝。作为皇帝，对于捍卫皇家尊严、行使皇帝至高无上的权力这一招，那是无师自通的。于是乎，恼羞成怒的仁宗扬言要派兵到天波杨府来抢亲。曾南征北战、挂帅三军的佘太君可不是被吓大的，她大义凛然地上殿奏本，晓以利害。基于当时的社会形势——"宋氏江山千斤重，杨家担着八百斤"，为保江山社稷，宋仁宗不得不撤回圣旨。这就是有名的佘太君抗旨抗婚的故事。对这场抗婚的胜利，包拯大人做了精彩透辟的总结："太君的礼单要的巧，八姐的大刀惊鬼神。这才是风雪难压松柏树，强盗也怕胆大的人。"

这个故事告诉我们，和恶势力斗争，勇气和自信都是必备的，当然，巧妙的周旋和英明的对策亦同样重要。

远古时代，诗歌《召南·行露》也讲述了一个类似的故事。

佘太君以巧妙的礼单来明许亲暗抗君，而《召南·行露》讲述的则是一个已婚的有钱有势的男子，硬要聘娶一位未婚姑娘，并骄横霸道地以打官司来要挟，逼她就范。女子不从，下定决心抵抗到底。

敢于抗婚的一族，唯唯诺诺、谨小慎微的语气肯定不行，男方要逼婚，女方要抗婚，这抗字，一定要抗得斩钉截铁、义正词严，让自己在气势上绝对胜出，压倒对方，这样才具有对抗的资本、对抗的能力，才有赢的基础和赢的可能。所以诗的开篇，诗人就是以进攻者的形象来揭开帷幕的。

西周以来，统治者鼓励生育，对青年男女的婚配情况做了政府干预，规定男女到国家法定的年龄必须结婚，并采取一系列的措施。如每年的二月，未婚男女可以自由选择恋爱对象等。没有什么特别的原因不遵守法规的，要惩罚其父母。这个规定在当时具有积极意义，但也给一些有权有势的当权者以可乘之机，使他们动辄以女子已到结婚年龄还未成家为由，强迫未婚女子与其成亲，如女方不同意，则以法规和交给官府制裁相威胁。这首诗反映的就是这样背景下的一位女子对这些无赖的反抗。

全诗三章，诗人均以含有譬喻和象征的兴句发端，来揭露权贵的丑恶嘴脸。这样写，人物形象鲜明生动，呼之欲出。

"厌浥行露，岂不夙夜，谓行多露。""厌浥"潮湿的样子，"行"指道路。"夙夜"即天未明时。"谓"通"畏"。这一章写的是：道路上的露水湿漉漉，难道我清早不想出门？怕只怕那道上露水湿我身。诗句中的言外之意是：我哪里是不愿早嫁人，但那人早已有家室，品行又恶劣，怎能做我的终身伴侣？

接下来，便是女子一连串的诘问和对男子针锋相对的斥责：

谁谓雀无角？何以穿我屋？谁谓女无家？何以速我狱？虽速我狱，室家不足！

谁谓鼠无牙？何以穿我墉？谁谓女无家？何以速我讼？虽速我讼，亦不女从！

这个男人，从诗歌的叙述中来看，是具有相当特权，有一定势力的地主恶霸，或者是个无赖，他逼婚不成，就恶人先告状，以无赖的架势狐假虎威，来胁迫女子相从。

诗人以麻雀、老鼠来比喻男子，揭露出男子强横、邪恶，专门爱叽叽喳喳搬弄是非从而来破坏别人安宁生活的嘴脸，让读者的憎恶之情油然而生，和诗人的情感产生强烈的共鸣，使诗歌的感染力撼动人心。

从女子理直气壮、连珠炮似的诘问来看，她是非常懂得周礼关于室家之礼的规定的，并且知道利用法律的武器来维护自己的尊严。看得出这是一个不畏强权、头脑冷静、思路清晰的女子。我们从诗中读出的，正是敢于说"不"的凛然气节。

最让人动容的是女子的态度。在那样的乱世之中，本无理可讲的时代，女子以理来对抗，来捍卫自己的独立人格和爱情尊严，不畏强暴，锋芒毕露，不管其结局如何，这样的精神是让人钦佩和尊敬的。

召南·小星　　默默无闻的工薪族

嘒彼小星，三五在东。肃肃宵征，夙夜在公。寔
命不同！

嘒彼小星，维参与昴。肃肃宵征，抱衾与裯。寔
命不犹！

○今译：

闪闪烁烁的星儿，三三五五亮在东方的夜空。匆匆忙忙赶
着夜路，为了公事我忙个不停。唉，我就天生辛苦命！

闪闪烁烁的星儿，参星和卯星挂在东方的夜空。匆匆忙忙
赶着出征，抛下香衾与暖裯。唉，我的命真是与人不同！

一

　　"突然明白，人这一生最重要的两件事，一是做好事业，
二是找对爱人。当太阳升起的时候，要投身事业；当夕阳西下，
要与爱人相拥。"

极其朴素的一段话，被世人广为传颂。因为，在那么一刹那间，飞出去的语言如刀，击中无数人的软肋：

我也是这样努力啊，太阳升起的时候，我投入到我的事业，劳碌奔忙，不遗余力。可夕阳西下的时候，鸟宿池边树，鸡栖于埘，羊牛下来，我却还在加班，在路上。饥肠辘辘、疲倦不堪。城市万家灯火，属于我的一盏在哪里？我的家在哪里，我的爱人在何方？

这也是《召南·小星》里男主人公，一个每天风尘仆仆、早出晚归的工薪族每天的生活状态和无奈心声。

《小星》是一首反映一名工薪族小官吏披星戴月、辛苦工作的小诗。

诗人明白自己生就一具再普通不过的凡胎肉体，辛苦是一贯，劳碌是日常，怨不得天怪不得地，更嗔恨不到别人。但，身体毕竟是肉身，谁也不是钢筋铁骨，不是马力强大的机器，看到别人可以养尊处优、阖家欢乐，位卑职微的自己每天行色匆匆、孤军奋战，除了工作还是工作，不仅压力很大，还得时时看别人脸色，稍有差池，轻则一顿训斥，重则受到惩罚，内心五味杂陈，何其苦哉。

所以，身世卑微的他，一边劳碌奔波一边神经兮兮地自怨自艾，发点小牢骚，也是人之常情。

诗以抒怀。作为一个小文青，牢骚之余，舞文弄墨，写个小诗表表心迹，泄泄火气，当然太正常不过了。古人云"饥者歌其食，劳者歌其事"，《小星》就是在这样的"水深火热"中出炉的。

发牢骚的话，想来不能过长，太长就成懒婆娘的裹脚布，祥林嫂的口头禅，自然也就换不来别人的同情了。所以此诗极短，言简意赅，表达心声，阐明境遇即可，像汇报工作一样，精炼，到位。

诗的发端由头顶上的星辰说起。"嘒彼小星"是对浩瀚的星空的泛写。诗人疲倦不堪地跋涉在公差的路上，但见天宇浩渺，星光朦胧，诗人不禁感慨起自家境遇。

星辰有远有近，有暗有弱，有大有小，有有名的和无名的。人也一样，有黑白美丑，分三六九等。这大概是作者由星辰起兴的一个缘由。

此外，这些星辰起早贪黑，在晴朗的夜晚都得按时"上下班"，不得偷懒、赖床、旷工和迟到。触景生情，心酸满腹，同是天涯苦命人。

肃肃，奔走忙碌的样子。宵，夜晚。征，行走。寔，即"实"，确实，实在。参、昴，都是星名。抱，抛弃的意思。

二

在《小星》这首诗里，诗人蜷缩在一个"壳"里，自哀自怜，这个"壳"就是宿命。

汉字讲究会意和形声，"命"字拆开来，乃"人一叩"。仓颉造字的初衷，是不是要告诉人类，想要成人，须要对"命"折服拜倒？

222

　　和一位朋友曾经探讨过关于命运的话题。朋友说，什么是命，不过是你甘于沉溺的一种结局，你放弃了抗争，为灵魂找一份寄托，将尘世的忧伤和无奈，转化成一个可以躲藏的"符"。常常是，人们在成为茧中之蛹时，套上这个"符"，让自己心安理得。

　　这个"符"，总结得足够精辟，《小星》的作者就被罩在这样的"符"里。

　　辛苦转嫁不了别人，只能自己承担和背负，劳其筋骨，饿其体肤。心中的郁闷呢，更转嫁不了别人，固然，也不能强压在自己身上，日子久了不堪重负，会出问题的。好在，还可以归置为"命"——安身立命，随遇而安。

　　国人崇尚中庸之道，中庸，一指中正平和。也就是说喜怒哀乐不能太过，否则，健康不保。另外，"中"指好，"庸"同"用"，"中庸"即"中用"。说的是人要拥有一技之长，做一个有用的人才。通俗讲，坚守自己的岗位，在其位谋其职，就是一个有用的人。

　　很喜欢几米的漫画《希望井》里的这段话："我掉入井中，最深的绝望时，却低头看到了满满的星光。生活总是给我们接二连三的困难，让我们疲劳绝望。但是换个姿态来看待，你会发现，即使身处绝望，你的周围还是会有最美的风景。"

　　所以，即便现在的你，一直是一颗普普通通的小星，辛苦劳碌，默默无闻，也要努力擦亮身上的尘埃，能多亮就多亮。让自己能看见自己的亮，一点一点，试图去照彻一小片天空。

召南·江有汜　林花谢了春红

江有汜，之子归，不我以。不我以，其后也悔。

江有渚，之子归，不我与。不我与，其后也处。

江有沱，之子归，不我过。不我过，其啸也歌。

○今译：

　　江水决堤又流回，我爱的人别处飞，从此不和我相依。你不和我在一起，将来你会后悔的。

　　江水静流积沙岛，我爱的人别处飞，从此不和我相交。没有我的日子里，将来你会懊悔的。

　　江水改道流成河，我爱的人别处飞，从此不来看望我。在不相逢的时日，将来你会哭号的。

一

　　愿得一心人，白首不相离。

　　这样的歌谣古人唱过，今人仍旧在唱。经年不息地唱，撕心裂肺地唱。唱着天下恋人的心声，更像是天下女人的血泪控诉。因为，惯于贪恋沉溺爱情的这一群，强烈渴望能够遇到一个可以托付一生的男人，拥有他一心一意的爱情，两个人执子之手，与子偕老。

无可非议，这是人们对婚姻的美好憧憬，是最简单的生活追求。每一对谈婚论嫁的人儿，又有哪个不是奔着这个目的，誓言凿凿、不管不顾而去的呢？

可是，正如人们常说的，人生若只如初见，爱的路上千万里，相爱容易相守太难。棒打不散的鸳鸯，往往在后来平淡的岁月里各奔东西，从而结结实实地印证了那句"生于忧患，死于安乐"。结合于忧患之中，离散于安乐之时。由此弃妇诗应运而生。

弃妇诗是抒写因婚姻破裂或丈夫变心而被抛弃的妇女感受的诗歌。所以，弃妇诗必须具备两个条件，一是女子婚后被弃，二是弃妇离开夫家。这两个条件排除了描写婚前情郎变心离开女子，以及婚后妻子被丈夫冷落，但没有离开夫家这两种情形的诗，从而和怨妇诗区分开来。

《召南·江有汜》是一首弃妇诗。再进一步来讲，它写的是商妇诗。方玉润理解为"商妇为夫所弃而无怼也"，是写商人见异思迁，另觅新欢，因而弃妇唱出这首怨曲乞望挽回旧爱。

古代女人地位低下，一生幸福系于男人身上，一旦遭到抛弃，有如灭顶之灾，所以才有惨烈的悲痛和无奈反映在诗中。

诗的三章均以江水起兴，第一章写"江有汜"，第二章写"江有渚"，第三章写"江有沱"，其中"汜""渚""沱"都是指江的支流。我们是不是也可以这样来理解，男子的感情就像江流九曲十八弯一样，别有弯弯绕绕，旁逸斜出，用情不专。

"之子"指薄情的丈夫。"不我以"为"不以我"的倒装句式，"以"有"与""亲近""交好"之说。这样的意思，从下文"不我与""不我过"也可以表现出来。

"不我以"，是不一道回去；

"不我与"，是不和"我"在一起；

"不我过"，是有意回避，干脆不露面。

男人在感情上一步步吝啬，做得那样恩尽义绝。无须再劳笔墨，其薄情寡义之态昭然若揭。

可怜的被弃之人。红颜渐老的商妇站在水声喧嚣的江边，望着滚滚江水东流去，想到此时情郎的薄情，想到彼时的柔情蜜意，所有愁结到心头，到底意难平，遂把一腔愤恨化成三句预言："其后也悔""其后也处""其啸也歌"。

这里面的"处"，朱熹认为："处，安也，得其所安也。"我不敢苟同，我认为是处所的意思，是说"你又娶了新人，便不和我亲近，不同我偕行，甚至从我的门前经过也不望过来一眼"。好狠心的郎！

受此天大的冷遇，女子心灵的创伤、失落、哀怨，像草一样疯长。她要发泄心中的不满，痛骂负心人，可又于心不忍。毕竟，唇齿相依过。不忍的原因是对于夫妇关系重归于好的企盼，她不想让这些抱怨成为以后二人世界里疯长的蒿草。狠了狠心，依旧是那句老生常谈：你不和我在一起，将来你会后悔的。

这是一位极要强的商妇，一位自信心很强的女人。死心亦有残念。她一意孤行地坚信自己的能力，相信自己在丈夫感情生活中的重要地位，因而预言丈夫有今日的背弃行为，日后必将在感情上自我忏悔，这就是各章结句所说的"其后也悔""其后也处""其啸也歌"。应该有这样的例子。司马相如不是在卓文君《白头吟》的感召下，浪子回头？但，变心的男子常有，回头的浪子不常有。

也许，这不过是弃妇一厢情愿。事实上，事过境迁，那男子很可能又在继续新一轮的猎艳。

我们没必要在这里讨论商妇最后的出路，反正，即便没有路，也总要有人第一个走。

女子这恨恨一说，显而易见有嫉妒报复的口气。多么软弱的心理，还硬要做出拼命坚强的样子，既一唱三叹，极尽缠绵，又柔中见刚，沉着痛快。

此情此景，我认为，女人心中一定激流暗涌：悔不该当初嫁作商人妇！

二

我国古典诗歌，一向有反映妇女生活的传统。在漫长的古代社会里，妇女们受着沉重的压迫。在爱情和婚姻方面，她们往往遭受被玩弄、被欺凌的痛苦。因此，她们特别强烈地企求着纯真专一的爱。

《召南·江有汜》开了商妇怨的先河，后来，随着商业的发达，嫁作商人妇的女人越来越多，此类作品亦滔滔汩汩，连绵不断。

莫作商人妇，金钗当卜钱。

朝朝江口望，错认几人船。

唐代女诗人刘采春这首《啰唝曲》，令闺妇、行人"莫不
涟泣"，"朝朝"望、"错认"船，极尽望眼欲穿、肝肠寸断
之悲。

"嫁得瞿塘贾，朝朝误妾期。早知潮有信，嫁与弄潮儿。"
李益这首《江南曲》更是唱出商妇的拳拳心声。

商妇之痛人堪怜。连大诗人李白也禁不住为她们频频代言。

传说李白某一日来到湖北江夏村的"青菱酒家"吃酒。在
和老板娘青菱攀谈之中，得知她的不幸遭遇，十分同情，于是
根据青菱的身世写了一篇长诗。诗人一边敲打扬琴，一边吟唱
《江夏行》：

忆昔娇小姿，春心亦自持。为言嫁夫婿，得免长相思。

谁知嫁商贾，令人却愁苦。自从为夫妻，何曾在乡土。

去年下扬州，相送黄鹤楼。眼看帆去远，心逐江水流。

只言期一载，谁谓历三秋。使妾肠欲断，恨君情悠悠。

东家西舍同时发，北去南来不逾月。

未知行李游何方，作个音书能断绝。

适来往南浦，欲问西江船。正见当垆女，红妆二八年。

一种为人妻，独自多悲凄。对镜便垂泪，逢人只欲啼。

不如轻薄儿，旦暮长相随。悔作商人妇，青春长别离。

如今正好同欢乐，君去容华谁得知。

情之所至，青菱潸然泪下。遂和李白酣然畅饮，以酒释怀。

据说，太白在江夏村住了很长时间。后人根据李白与青菱的故事，在江夏村修了一座"青菱寺"，又把附近的湖取名"青菱湖""郎官湖"，以此来纪念太白。

诗仙善于体验体察，所以他的诗细致入微，深入人心。另外，他的著名的《长干行》，也是商妇诗的代表作：

妾发初覆额，折花门前剧。

郎骑竹马来，绕床弄青梅。

同居长干里，两小无嫌猜。

十四为君妇，羞颜未尝开。

低头向暗壁，千唤不一回。

十五始展眉，愿同尘与灰。

常存抱柱信，岂上望夫台。

十六君远行，瞿塘滟滪堆。

五月不可触，猿声天上哀。

门前迟行迹，一一生绿苔。

苔深不能扫，落叶秋风早。

八月蝴蝶来，双飞西园草。

感此伤妾心，坐愁红颜老。

早晚下三巴，预将书报家。

相迎不道远，直至长风沙。

和《江夏行》不同的是，《长干行》重在刻画商妇怀人的深长愁思，在美好的回忆里殷殷盼望。不过，回忆一定是悲苦的，越想越抑郁伤怀，情不能已。

　　我真的希望所有诸如此类的情感，均已成为文字里贮存的过往，成为灰扑扑的历史沉积。所有现在的商妇，所有将来的商妇，都将脱离这样的精神枷锁，拥有自己的幸福，就像这首歌里唱的那样平凡：

　　　一生一辈子，圆满一个家。
　　　柴米油盐醋，猪鸡鹅狗鸭。
　　　爱了一辈子，吵了无数架。
　　　炕头到炕梢，春秋与冬夏。
　　　……
　　　爱情很简单，平凡又伟大。
　　　爱着一个人，守着一个家。

　　无疑，这才是所谓的相濡以沫、相知相守一辈子，也足以证实：爱与不爱关键看如何去爱，时代与环境都不是借口。

王风·黍离　　知我者谓我心忧

彼黍离离，彼稷之苗。行迈靡靡，中心摇摇。知
我者谓我心忧，不知我者谓我何求。悠悠苍天！
此何人哉？

彼黍离离，彼稷之穗。行迈靡靡，中心如醉。知
我者谓我心忧，不知我者谓我何求。悠悠苍天！
此何人哉？

彼黍离离，彼稷之实。行迈靡靡，中心如噎。知
我者谓我心忧，不知我者谓我何求。悠悠苍天！
此何人哉？

○今译：

　　地里的黍禾长得枝叶繁茂，稷苗长得绿如绣毡。前行步子
走得多么迟缓，心中忧郁神思恍惚。

　　理解我的人明白我的忧愁，不理解的会问我为什么这般烦
恼。我叩问高高在上的苍天，是谁造成这般凄苦的景象？

地里黍禾长得密密层层，稷谷扬花正吐穗随风摇摇。前行步子迈得多么迟缓，心中迷乱如酒醉般昏蒙。

理解我的人明白我的忧愁，不理解的问我为何自找烦忧。我叩问高高在上的苍天，是谁造成这般荒凉的景象？

地里黍禾长得绿油油，稷谷已经结了沉甸甸的穗子。前行步子走得多么迟缓，心中郁闷无法消解。

理解我的人明白我的烦忧，不理解的问我为何惆怅百般。我叩问高高在上的苍天，是谁造成这般衰败的景象？

一

太过清醒的人难得快乐。

《黍离》的作者似乎就是这么一个不快乐的人。他常常一脸愁苦，还有一腔忧国忧民心。

本是暮春时节，这位东周王朝的士大夫，又一次到访过去的宗庙宫室，但见眼前一片葱绿。当年气派恢宏的城阙宫殿不见了，昔日人声鼎沸的街市也荡然无存，就连刚刚经历的战火也难觅痕迹。在原来的断壁残垣之上，绿油油的一片黍苗密密匝匝，还有稷苗萋萋，哪还有旧时西周王朝的影迹？

文言文里常有"江山社稷"一说，社为土，稷为谷，江山社稷是说君王统治万里江山，老百姓在万里山川上种庄稼。社稷之福就是百姓之福，君王的江山社稷稳固，百姓就吃穿不愁。

而今，国已不国，哪里还有什么江山社稷？所以说"彼黍离离，彼稷之苗"。

诗章继续采用《诗经》惯用的重章叠句的句式，三章间仅个别字句有小小变化。全诗一往情深，激昂悲壮。

诗中"苗""穗""实"三个字，暗合了农作物的生长过程，在诗中不仅起到分章换韵的作用，而且造成景致的转换，见证时序的迁移，说明诗人流连此地之久，对故都有着深深的凭吊之心；"摇摇""如醉""如噎"，诗人的情绪随着诗章的推进，在我们面前次第打开，这种递进式的抒情笔法，把诗人痛定思痛、长歌当哭的状态剖析得淋漓尽致。状难写之境如在目前，含不尽之意见于言外。

《王风》多乱离之作，《黍离》一诗，开了怀古凭吊诗的先河。"黍离之悲"就是从这首诗里演化出的成语。鲁迅先生说：悲剧是把人生有价值的东西毁灭给人看。"黍离"因此被赋予"亡国之痛"的特定美学内涵。

黍离之悲是一种荣枯之感，是一种今不如昔的深切哀叹。

"旧苑荒台杨柳新，菱歌清唱不胜春。"眼前黍、稷的茂盛，更疯长了诗人心中的凄凉，荒蛮的旷野，荒蛮的怅惘，他踽踽独行，茕茕孑立，步履沉重，神思恍惚，不能自持（行迈靡靡，中心摇摇）。在此，我们似乎看到了另一个孤傲的背影——陈子昂，听到了他那穿越千年的惊世悲歌："前不见古人，后不见来者，念天地之悠悠，独怆然而涕下！"

更不堪的是，这忧伤如"瀚海阑干百丈冰"，这怅惘似"愁云惨淡万里凝"，无人能懂，无人能解。诗人那是郁郁不得，悲从中来，不得不以一个无比苍凉的手势，质问苍穹：苍天苍天你在上，是谁造成的这惨状？（悠悠苍天！此何人哉？）

黍离之悲是一种兴亡之痛，是一种刻骨铭心的国恨家仇。所以后主李煜亦有"问君能有几多愁，恰似一江春水向东流"的悲怆，而他也为这血泪斑斑的控诉枉丢了性命。

黍离之悲，悲的是"月落乌啼霜满天，江枫渔火对愁眠"的羁旅孤独，伤的是"只今惟有西江月，曾照吴王宫里人"的落寞悲凉，痛的是"舞榭歌台，风流总被雨打风吹去"的壮志难酬，苦的是"举世皆浊我独清，众人皆醉我独醒"的曲高和寡。

所以，"知我者谓我心忧，不知我者谓我何求"——慷慨悲歌，声振林樾，响遏行云。

二

人，似乎与生俱来就有一种孤独感，这种孤独感让人在心理上会产生一种强烈的拒绝和更强烈的渴望。拒绝外人入侵私人领地，又渴望在保持一种安全距离之外，还有可以和自己的心思隔世离空、遥相呼应的"那个你"。所以《倾城之恋》就出现这么一段：

"我自己也不懂得我自己——可是我要你懂得我！我要你懂得我！"他嘴里这么说着，心里早已绝望了。然而他还是固执地，哀恳似的说着："我要你懂得我！"

男主角范柳原几近声嘶力竭地向白流苏呐喊，这腔这调与他先前的油滑大相径庭。可不得不说这确实是他掏心窝子的话，那么迫切、强烈的诉求，即便他自己有时也不懂得自己，他需要流苏去懂他，需要他爱的这个她知他，理解他。

有人说，这是张爱玲借范柳原之口喊出的心声。

没有人喜欢孤独，只是不愿失望。

这个岑寂且不被了解的灵魂，像天边一颗遥遥的孤星，幽微地发着冷光。她看得见自己，温暖不了自己。所以她对安稳的生活便有一种奇异的热望，对一种父爱式的懂得和呵护保持一份潜意识的焦渴。

不到绝望怎肯言伤。"知我者谓我心忧，不知我者谓我何求。"这千古一叹，不知撞开了多少敏感的心扉？

很多时候，我们念念不忘这首诗，纠结的大多是不被人理解的苦闷，以自己的遭际从中找寻到与心灵相契的情感共鸣，诸如物是人非、知音难觅、世事沧桑等，而往往忽略了它的本义。不知道别人如何，反正接触独自黯然垂泪，抒发亡国之痛的《黍离》之前，我一直是这样的一知半解。

豳风·七月   一支温情的田园牧歌

七月流火，九月授衣。一之日觱发，二之日栗烈。

无衣无褐，何以卒岁？三之日于耜，四之日举趾。

同我妇子，馌彼南亩，田畯至喜。

七月流火，九月授衣。春日载阳，有鸣仓庚。女

执懿筐，遵彼微行，爰求柔桑。春日迟迟。采蘩

祁祁，女心伤悲，殆及公子同归。

七月流火，八月萑苇。蚕月条桑，取彼斧斨，以

伐远扬，猗彼女桑。七月鸣鵙，八月载绩。载玄

载黄。我朱孔阳，为公子裳。

四月秀葽，五月鸣蜩。八月其获，十月陨萚。一

之日于貉，取彼狐狸，为公子裘。二之日其同，

载缵武功。言私其豵，献豜于公。

五月斯螽动股，六月莎鸡振羽。七月在野，八月

在宇，九月在户，十月蟋蟀入我床下。穹窒熏鼠，

塞向墐户。嗟我妇子，曰为改岁，入此室处。

六月食郁及薁，七月亨葵及菽。八月剥枣，十月获稻。为此春酒，以介眉寿。七月食瓜，八月断壶。九月叔苴，采荼薪樗，食我农夫。

九月筑场圃，十月纳禾稼。黍稷重穋，禾麻菽麦。嗟我农夫，我稼既同，上入执宫功。昼尔于茅，宵尔索绹。亟其乘屋，其始播百谷。

二之日凿冰冲冲，三之日纳于凌阴。四之日其蚤，献羔祭韭。九月肃霜，十月涤场。朋酒斯飨，曰杀羔羊。跻彼公堂，称彼兕觥，万寿无疆。

○今译：

七月火星向西移，九月妇女做寒衣。冬月北风可劲儿吹，腊月寒气凛冽冻煞人。粗布短衣无一件，何以度过这严寒？正月忙着修锄犁，二月下地把田犁。老婆孩子跟着去，送饭送菜到田间，农官看了乐开颜。

七月火星向西移，九月妇女缝寒衣。春天到来阳光暖，黄鹂声声啼叫欢。姑娘提着深底筐，沿着小路走得忙。采桑先把嫩枝挑，春季白天渐渐长。采来白蒿多又多，姑娘心中悲又凉，怕嫁公子去他乡。

七月火星向西移，八月芦苇要收割。养蚕月里修桑枝，锋利的斧斨准备齐。砍去桑树的长枝条，拉着枝条采嫩桑。七月里伯劳叫不停，八月里女子绩麻忙，染出丝来有黑又有黄。我染的朱红最漂亮，拿来给公子做衣裳。

四月远志把籽结，五月知了叫不迭。八月里来忙收割，十月风吹落树叶。冬月把那貉子打，剥下狐狸好皮毛，送给公子做皮袄。腊月大家聚一起，继续打猎操练武艺。打得小野猪自己烹，猎到大野猪献给王公。

五月蝗虫弹腿叫，六月展翅飞翔纺织娘。七月蟋蟀在田野，八月徘徊屋檐下。九月蟋蟀进了门口，十月钻进床角躲寒凉。堵塞墙洞熏跑老鼠，封闭北窗糊好门缝。可怜我的妻和儿，就这样度过新一年，还是旧屋把身安。

六月能吃李子和葡萄，七月烹煮葵菜和豆角。八月打下树上大红枣，十月割稻收庄稼。酿成春酒香气飘，把酒祝愿寿且康。七月靠瓜来果腹，八月葫芦割下来。九月地头拾麻子，捡些苦菜砍些柴，农夫日子苦哀哉。

九月修筑好打谷场，十月把粮食装满仓。稻谷黄米和高粱，小米麻子豆麦全归仓。可怜农夫真辛苦，庄稼活儿刚收场，还得为官家忙盖房。白天上山割茅草，夜里忙碌搓绳索。急急忙忙盖好屋，开春又要种百谷。

十二月河面凿冰咚咚响，正月冰块搬进冰窖藏。二月里祭祀要趁早，献上那韭菜和羊羔。九月里降霜天气凉，十月里打扫晒谷场。两樽美酒捧出来，烹宰羔羊宾客尝。大伙儿登上那庙堂，牛角酒杯举头上，齐声高呼万寿无疆。

这是一个家族的耕种故事。故事的主要人物有两个，一个是家长，家族中那个男性长者，主要劳动者，一个是恋爱季节的姑娘，家族中最活跃的一员。家族之外，还有一个若即若离的人物——公子，那应该是姑娘的意中之人吧。诗篇通过这个家族一年的劳作，记录了我们前人三千年前的农村生活。

耕作的意义无非衣食二字。如今四五十岁的人，大约都能记起自己童年时代贫穷的生活。生产稍有懈怠，春节时就没有白面馒头和御寒的新衣。"一之日觱发，二之日栗烈。无衣无褐，何以卒岁？"觱发和栗烈，都是天气寒冷的意思。天寒地冻，没有衣服怎么过去这一年？只这"无衣无褐，何以卒岁"就能勾起我们多少童年的记忆呀！这就是诗歌的普遍性意义。"三之日于耜，四之日举趾。同我妇子，馌彼南亩，田畯至喜。"所以，天气刚刚转暖，就要整理农具，开始下田，一年的农业生产就此拉开序幕。

豳这个地方，那个时候以种桑为主，因为桑能养蚕，蚕抽丝成绸，可见我们丝绸之国已经有悠久的历史了。"春日载阳，有鸣仓庚"，温暖而欢快的气氛跃然而出，正是一个春意盎然、春情勃发的季节。妙龄少女，青嫩桑叶，好一幅青春田园画。春的气息迷漫在劳动的欢歌里，姑娘的情思也徜徉在迟迟的落日里。青春萌动，快到了出嫁的时候，姑娘的情丝如春阳般悠长，同春草般疯长。

采桑之后是制桑。"条桑""斧斨""伐""猗"是修剪桑树的动作。"载绩""载玄""载黄"是织布的情况。"玄""黄""朱"是颜色，可见姑娘织出的布料多少漂亮，织进了姑娘多少密密的心思。这样漂亮的衣服，为谁而织？最漂亮的布料，做成公子的衣裳。

想起《诗经·邶风·绿衣》："绿兮丝兮，女所治兮。我思古人，俾无讹兮。"想起唐代孟郊的诗《结爱》：

心心复心心，结爱务在深。
一度欲离别，千回结衣襟。
结妾独守志，结君早归意。
始知结衣裳，不如结心肠。
坐结行亦结，结尽百年月。

可见为心爱的男子做衣服是女子表达爱情的重要方式。

种桑叶养蚕解决了"衣"的问题，还有"食"。据考证，公刘创立豳国之后，实行定居种植。但狩猎一直是古代人重要的食物来源，豳国也不例外。"八月其获，十月陨萚"是指农业上的收获。"一之日于貉，取彼狐狸"是打猎时情形。

除了田野上的劳动，农民们还有很多家务要做。蚱蜢、纺织娘、蟋蟀，这些昆虫的名字，洋溢着深厚的田园气息。秋收时节，这么多昆虫在暴露的田野里无处藏身，是农村孩子们的玩伴。如今，田里的常客，有时也会造访家居。草缮泥砌的房屋，四面通透，昆虫不期而至，老鼠等更是肆无忌惮。不能带着这些遗憾进入新的一年，解决了这些问题，过个温暖、快乐的冬天。

如果说桑麻狩猎是主业的话，瓜果李枣、豆麻谷酒也是日常生活中不可缺少的。把这些采摘加工，挂在屋檐下，农夫才稍觉心安。

更重要的是把粮食贮藏好。在商周的年代，这个地方已经把种庄稼作为稳定的生存手段了。农民们已经懂得收粮、打场、筑仓。想起来，中国的农民是幸运和幸福的，那么早就有了这一套固定的、成熟的收获手段和程序。

盖房，从来就是大事，《七月》里，浓墨重彩地记着。"我稼既同，上入执宫功。昼尔于茅，宵尔索綯。亟其乘屋，其始播百谷。"冬天地里的庄稼都收获完，刚刚松下一口气，又决定利用这段空闲时间建造新房，忙忙碌碌直到过年。

一年中，最盛大的莫过于过年了。农活忙过，庄稼收过，房屋盖过，人闲下了，收成足了，就要好好庆贺享受一番。"朋酒斯飨，曰杀羔羊。跻彼公堂，称彼兕觥，万寿无疆。"杀牛宰羊，举杯执觥，相互庆贺的场景跃然纸上。

农闲时庆贺丰收、联系感情、迎接新岁，于是便有了"年"。我相信，自从有了种植，粮食有了盈余，"年"便产生了。《七月》里，虽然没有点明，但我们看到了"年"的雏形。

过了年，又该"同我妇子，馌彼南亩"了。周而复始，循环往复，就这样，世世代代，从商周延续到现在。

从《七月》中，我们读懂祖先的生活。

卷
五

浮世人生，道不尽离合悲欢

小雅·四牡 　　唯有亲情温暖

四牡騑騑，周道倭迟。岂不怀归？王事靡盬，我
心伤悲。

四牡騑騑，啴啴骆马。岂不怀归？王事靡盬，不
遑启处。

翩翩者鵻，载飞载下。集于苞栩，王事靡盬，不
遑将父。

翩翩者鵻，载飞载止。集于苞杞，王事靡盬，不
遑将母。

驾彼四骆，载骤骎骎。岂不怀归？是用作歌，将
母来谂。

○今译：

　　四匹公马不停奔跑，道路辽远又迂回。难道说我不想赶紧
回家？官家差事没完没了，我的心里实在伤悲。

　　四匹公马不停赶路，黑鬃白马直喘气。难道说我不思念家

乡吗？官家差事没完没了，哪有时间回家休息。

鹁鸪飞翔无拘无束，忽高忽低多舒服，累了就停歇在柞树之上。官家差事没完没了，哪有时间为父尽孝。

鹁鸪飞翔无拘无束，飞飞停停真欢愉，累了就停歇在枸杞树上。官家差事没完没了，哪有时间奉养母亲。

驾着四套马车赶路，马蹄嘚嘚跑得欢。难道不想早早把家回？我今天编首歌儿吟唱，唱出对母亲的思念。

说起表达母爱的诗句，除了那句妇孺皆知的"慈母手中线，游子身上衣"外，其实蒋士铨的《岁暮到家》也非常打动人心，让人泪如泉涌：

爱子心无尽，归家喜及辰。寒衣针线密，家信墨痕新。
见面怜清瘦，呼儿问苦辛。低徊愧人子，不敢叹风尘。

诗以朴素的语言，细腻地刻画了游子久别归家后和母亲相见时的情景，感情真挚而复杂。

儿子千里迢迢返回家乡，做母亲的喜不自胜。"爱子心无尽，归家喜及辰"，虽然直白，却意蕴深重。

"寒衣针线密，家信墨痕新"，体现母亲对游子的关切、爱护以及担心和眷念。所谓儿行千里母担忧。

"见面怜清瘦，呼儿问苦辛"二句，以细节取胜，把母亲对爱子无微不至的关怀写得真实、生动，神情话语如见如闻，感同身受。母亲从不在乎她的儿子是否飞黄腾达，是否光宗耀祖、衣锦还乡，只关心自己的儿子在外边的温饱冷暖，有没有太过劳碌和酸辛。

"低徊愧人子，不敢叹风尘"这两句直击无数游子的痛点。

父母，总是把最脏最累的事情留给自己，把最好最贵的吃穿赠予儿子。即便儿子成家立业，他们仍操心不断，月月年年，满头青丝变成白发，操心操到老眼昏花，病魔缠身。不到万不得已，他们只要还有一点儿自理能力，从不连累自己的儿子。可是，作为他们的儿子，却不能报答父母的深恩大德于万一。

诗人想到自己长年在外谋生，没有骄人的成就可以告慰双亲，没有大的能力报答父母的养育之恩，不能在年迈的父母身边尽孝而自责，羞愧难当。所以，岂敢直率地诉说在外的风尘之苦，只是绕开话题，婉转地回答母亲的问话，以免老人家听了难受和担心。

这是所有在外打工族的心声。

游子远离父母背井离乡的日子实不容易，在《召南·小星》这首诗里，有着无奈的倾吐：

嘒彼小星，三五在东。肃肃宵征，夙夜在公。寔命不同！
嘒彼小星，维参与昴。肃肃宵征，抱衾与裯。寔命不犹！

寥寥数句戳中了漂泊在外的游子辛苦打拼的扎心真相。生活从来没有容易二字，漫漫人生布满不为人知的艰辛。父母双亲就是从这条路上一步步走来的，为儿子担心、牵挂在所难免。可向他们倾诉委屈困顿、喊疼喊累又有何用，徒增他们的烦忧罢了。在这人声鼎沸的人世间，辛苦才是人生底色。为了生计，成年人的生活里，谁不是选择咬紧牙关不哭出声地硬抗？

不过终于回到慈母身边，他还是幸福的。相比来说，和他有着同样辛苦际遇的《小雅·四牡》的主人公，就没有这种幸福感。

《小雅·四牡》写的是先秦时代的一个小官吏。因为公务繁忙，终日在外奔波劳碌，叹息自己不能常回家看看，没有能力在父母身边尽责尽孝，让年迈的双亲享受天伦之乐，这是多么令他无奈的事情。基于这样的主题，全诗笼罩着一层淡淡的悲伤情绪。

辽阔的大路上，一辆四匹马拉着的大车飞快地奔驰，尘土飞扬，大路伸向远方，无限地延展开去，遥远极了，看不到路的尽头。就像这位小官吏层出不穷的官家差事，没有到头的时候。注定，这是一场马不停蹄、漫无涯际的疲劳之旅。

此刻，坐在马车上的他，凝望着茫茫前方路，心比浩渺的云天还浩渺。

> 人言落日是天涯，
> 望极天涯不见家。
> 已恨碧山相阻隔，
> 碧山还被暮云遮。

——［宋］李觏《乡思》

他不知道，自己什么时候可以有个停歇的时刻，可以回到那个令他魂牵梦绕的地方，回到家乡，回到白发苍苍的父母身边，出入扶持，朝夕伺候。

舟车劳顿，连黑色马鬃的白马都累得气喘吁吁，他却舍不得抽一下扬起的鞭子。不是他不思念家人，不惦记着早日见到亲人。行役漫漫，离家越远思念越是强烈，恨不能插上翅膀飞回去。奈何官家差事还没有圆满完成，他的心里忧虑不已。他心疼马也心疼自己，马儿和他一样疲惫不堪，困乏无力。

一边是对家人的无尽思念，一边是官家差事的奔波不休，身在外而思家，思家又无奈何，其两难之痛苦可见一斑。

他为之沉湎，却不敢让自己停息下来，去静静地享受片刻安闲。所谓身不由己，大抵如此。

他看到，一只鹁鸪在头顶的天空翩翩飞翔，飞累了，就停在道路旁边茂密丛生的柞树、杞树上歇息，无拘无束、无忧无虑的样子让他倍感歆羡。何时，他也有这般的自在和自由。

面容憔悴、愁眉不展的他，再次深深叹息，为自己不能照顾年迈的父母而愧疚。

自古忠孝不能两全，这是多么无奈的一件事。

通篇读来，我们仿佛看到一个小小的使臣在公差的路上长途奔波、孤苦无依的样子。

全诗质朴无华，没有一点矫饰，却能引起读者的无限回味。正如德国哲学家黑格尔所说，抒情诗是"愉悦或痛苦的心情的自由流露，有了这种心情，就要把它歌唱出来，心里才舒服"。诗人正是以这样的基调，来寄托自己对父母的深深思念。而作为读者的我们，在诗歌创造的这种无比悲凉的情境里，会情不自禁地想起自己的双亲，心有共鸣。

曾看到这样一句话："父母亲存在的意义，不是给予儿子舒适和富裕的生活，而是，当你想到你的父母，你的内心会充满力量，会感受到温暖，从而拥有克服困难的勇气和能力，以此获得人生真正的乐趣和自由。"这大概就是远方游子时时念及父母双亲的缘由吧。

羊有跪乳之恩，鸦有反哺之义。孟子曰："孝子之至，莫大乎尊亲。"孝敬父母是中华民族的传统美德。作为社会人，在物欲横流的大形势下，我们不能不席卷于这样的浪潮，在现实生活的旋涡里摸爬滚打。但是，无论怎样忙碌，都要像《小雅·四牡》中的主人公一样，时刻将父母挂在心上，及时尽责尽孝。

抽出时间，多陪陪家人，多回家看看。因为"时光无情，生命脆弱，它会把你欠下的对不起，变成还不起，也会把那些对不起，变成来不及"。

小雅·常棣　　谁人能比手足亲

常棣之华，鄂不韡韡。凡今之人，莫如兄弟。

死丧之威，兄弟孔怀。原隰裒矣，兄弟求矣。

脊令在原，兄弟急难。每有良朋，况也永叹。

兄弟阋于墙，外御其务。每有良朋，烝也无戎。

丧乱既平，既安且宁。虽有兄弟，不如友生。

傧尔笾豆，饮酒之饫。兄弟既具，和乐且孺。

妻子好合，如鼓瑟琴。兄弟既翕，和乐且湛。

宜尔室家，乐尔妻帑。是究是图，亶其然乎！

○今译：

那常棣花儿朵朵开放，花萼花蒂光鲜明亮。但看当今世上所有人，谁人能够比手足亲。

遭遇死亡威胁谁不怕，唯有兄弟惦记关心。如果命丧在荒郊野外，只有兄弟到处寻觅。

鹡鸰只身落在荒原上，兄弟着急前来救难。平时即使有亲朋好友，灾难来时只能一长叹。

兄弟在家常争吵不休，外侮入侵同仇敌忾。平时即使有亲密朋友，大祸临头无人相救。

丧乱灾祸已经平息后，全家生活幸福安宁。此时虽然有同胞兄弟，反觉不如朋友亲密。

美味佳肴摆满了宴席，畅饮美酒在家宴上。兄弟今日能相聚一起，心情和悦喜笑开颜。

情投意合夫妻秀恩爱，弹琴鼓瑟和美到老。兄弟们要凝聚在一起，天天和睦其乐陶陶。

兄弟相亲家和万事兴，妻子儿女和睦快乐。请你考虑思量这道理，确确实实真切可信。

不知为何，读《小雅·常棣》，会一下子想到《北国之春》这首歌，想起那段长盛不衰的歌词：

棣棠丛丛、朝雾蒙蒙，

水车小屋静，

传来阵阵儿歌声。

北国之春天啊，

北国之春已来临。

家兄酷似老父亲，

一对沉默寡言人，

可曾闲来愁沽酒，

偶尔相对饮几杯。

故乡啊故乡，我的故乡，

何时能回你怀中？

"家兄酷似老父亲，一对沉默寡言人"，只一句，唤起旧事如泪。文字一向具有如此功力。

《小雅·常棣》和这段歌词表现的是同一个主题，旨在诉说兄弟情义。

《小雅·常棣》是一首周代贵族在宴会上歌唱的乐歌，是一首反映先民宴请兄弟、歌颂兄弟之间手足情深的诗，是一首在我国诗歌史上最先歌唱兄弟情义的诗，是一首对后世创作产生深远影响的诗。

首一句"常棣之华，鄂不韡韡"，兴中有比，开门见山。讲一种很美丽的花——常棣。常棣别名郁李、棠梨，属蔷薇科，原是生长于南方山坡上的一种纤细而柔美的木本植物，因其别致的花朵而闻名。

常棣之花，花开成双。在长长的下垂的花蔓上，常棣花常常是两三朵攒在一起，比肩而开、携手生长。先民有感于常棣息息相依的特点，来比喻同根所出、亲密无间的兄弟天伦，为诗篇罩上一片明媚烂漫的春光。

古时候不讲究计划生育，兄弟姊妹们一个挨一个来到人世间，加入温暖的大家庭，成为家庭里的一员，完成从童年到少年，从青年到中年，再到老年及至生命最后陨落的整个过程。人的一生中，手足之情历经时间久，所占情分重，所以诗人情不自禁地发出"凡今之人，莫如兄弟"的感叹。这一点睛之笔，既是诗人对兄弟亲情的颂赞，也表现了华夏先民传统的人伦观念。上古先民的部族家庭，以血缘关系为基础。在他们看来，"兄弟者，分形连气之人也"（《颜氏家训·兄弟》）。因而，比之良朋、妻子儿女，他们更重视兄弟亲情。

> 死丧之威，兄弟孔怀。原隰裒矣，兄弟求矣。
> 脊令在原，兄弟急难。每有良朋，况也永叹。
> 兄弟阋于墙，外御其务。每有良朋，烝也无戎。

这几节用危难之中朋友难寻与兄弟之间互相帮助做比较，突出兄弟之情重于友情，强调兄弟之间，虽然平时一个锅里搅稀稠，难免舌头碰牙齿，偶尔会有点小摩擦，貌似不甚和睦，不可能总像朋友那样同起同坐，无话不谈，但在大难临头、死丧乱离之时，血浓于水的亲情，会让他们挺身而出，及时救援，和你站在同一条战线上，不离不弃，生死相依。

是的，兄弟情是水，清澈剔透；兄弟情是山，雄伟壮观。兄弟就是手心和手背。兄弟，有福可能不必同享，但有难必定同当。

"阋于墙"与"外御其务"，两句之间没有过渡，情绪和行为的转变即在一瞬，有力表现出手足之情出于天然、发自情衷，因表现了最无私的兄弟之情，"兄弟阋墙，外御其侮"成为流传至今的典故成语。

> 傧尔笾豆，饮酒之饫。兄弟既具，和乐且孺。
> 妻子好合，如鼓瑟琴。兄弟既翕，和乐且湛。

上面两节，在我们面前展开举家宴饮时兄弟齐集、妻子好合、亲情和睦、琴瑟和谐的欢乐场面。

"妻子好合，如鼓瑟琴"，而"兄弟既翕"，则"和乐且湛"。诗人似明确表示，兄弟之情胜过夫妇之情：兄弟和，则室家安；兄弟和，则妻孥乐。卒章显志，告诫人们，要深思熟虑，牢记此理：只有"兄弟既翕"，方能"宜尔室家，乐尔妻帑"；兄弟和睦是家族和睦、家庭幸福的基础。家和万事兴，这是亘古不变的真理。

《常棣》是《小雅》里的名篇，它不仅是中国诗史上最先歌唱兄弟之情的诗作，也是情理相融富于理趣的明理典范。于简洁凝练的诗文中，蕴含着广义的思想内涵。没有生硬的政治说教，而是寄说理与抒情为一体，给予后人阅读时广阔的想象空间。

兄弟之爱，手足之情，是家庭的基础，是以血缘关系为纽带缔结的最真切的情感。古今中外，出现过许多感人至深的手足情故事。

北宋著名诗人苏轼和弟弟苏辙同样是一对情深似海的模范兄弟。

在苏轼的诗文中，写得最多的就是兄弟情谊。兄弟之间的诗词唱和，与他们的文学成就一样，永远是悠悠历史中璀璨夺目的华章。苏轼将这种并肩携手、患难与共的手足亲情，用他最擅长的词的形式表现出来，便形成了那一首首发自肺腑、贯注着真情实感的关于兄弟亲情的词作。

苏轼中秋怀人之作，为兄弟而发，其中一首《水调歌头·明月几时有》，更成为千古绝唱。苏轼兄弟情义甚笃，写作此词时，他与苏辙已有六年没见面了。时至中秋，苏轼望月思弟，生出无穷悲欢之感，故有此作：

　　明月几时有？把酒问青天。不知天上宫阙，今夕是何年。我欲乘风归去，又恐琼楼玉宇，高处不胜寒。起舞弄清影，何似在人间？

　　转朱阁，低绮户，照无眠。不应有恨，何事长向别时圆？人有悲欢离合，月有阴晴圆缺，此事古难全。但愿人长久，千里共婵娟。

　　其后，"兄唱弟随"，神宗熙宁十年，苏辙也写了一首《水调歌头·徐州中秋》来回赠兄长：

　　离别一何久，七度过中秋。去年东武今夕，明月不胜愁。岂意彭城山下，同泛清河古汴，船上载凉州。鼓吹助清赏，鸿雁起汀洲。

　　坐中客，翠羽帔，紫绮裘。素娥无赖，西去曾不为人留。今夜清尊对客，明夜孤帆水驿，依旧照离忧。但恐同王粲，相对永登楼。

　　兄弟如手足，在情感交汇的那一刻，深深触动我们的心弦。

　　自从踏上官宦仕途之路，苏轼兄弟二人的命运就紧密联系在一起。他们的政治见解相同，也都敢于直言极谏。他们因才略而被任用，也因才略而获罪。当兄长被一贬再贬时，弟弟也因为受牵连日子很不好过，但做弟弟的没有和哥哥划清界限，甚至从未有过丝毫怨言。在勘问"乌台诗案"的过程中，苏辙愿意以自己的官爵为长兄苏轼赎罪，结果被贬为筠州监酒。

常言道"患难见真情"，兄弟间的手足真情在患难时更显得弥足珍贵。后来苏轼第三次被贬，居于儋州，位于海南，而苏辙也因为哥哥而受牵连被贬雷州。东坡居海南，子由居雷州，正是一南一北隔海相望。

兄弟二人同时遭贬，患难与共，倍觉情笃。"中秋谁与共孤光？把盏凄然北望"，兄弟之情见于末句之间矣。

所谓兄弟，原不是什么相煎何急，不是为了个人私利，财产纠纷，不惜大打出手，而是有苦同受，有难同当，有福同享，共同实现自己人生的美好理想。

亲情的支持，是无比强大的生命动力。因为，爱是无敌的，可以创造无限可能。

但愿人长久，千里共婵娟。

曹风·蜉蝣　　生命几何时

蜉蝣之羽，衣裳楚楚。心之忧矣，于我归处？

蜉蝣之翼，采采衣服。心之忧矣，于我归息？

蜉蝣掘阅，麻衣如雪。心之忧矣，于我归说？

○今译：

蜉蝣的白羽啊，像穿着衣裳鲜明楚楚。我看着它心里忧伤啊，不知哪里是我的存身之地？

蜉蝣的翅膀啊，像穿着衣衫修饰华丽。我看着它心里忧伤啊，不知哪里是我的栖息地？

蜉蝣穿穴飞出来，像穿着礼服洁白如雪。我看着它心里忧伤啊，不知哪里是我的归宿？

一

乱世出英雄，亦出奇才。

三国时期，曹操是一位惊天地的英雄，而阮籍则是一位泣鬼神的奇才。但如果给他俩制作标签的话，我会首先为他们盖上一戳诗人的印章。

历史不会重演，诗歌却始终是一个人的性格标志。

作为诗人的曹操，他的诗独有一种王者的风范和霸气：

对酒当歌，人生几何？

譬如朝露，去日苦多。

慨当以慷，忧思难忘。

何以解忧？唯有杜康

……

曹操这首《短歌行》脍炙人口，他临江横槊，对酒当歌，苍穹中亦回荡着有志之士的怆然应和，这应和透迤而来，交汇成一曲灵魂孑然而行的主旋律，慨而慷。

虽然诗人在表达手法上各有千秋，但他们敏感而丰沛的心灵大抵是相通的。阮籍在《咏怀诗》里，亦有同样的情感宣示：

木槿荣丘墓，煌煌有光色。

白日颓林中，翩翩零路侧。

蟋蟀吟户牖，蟪蛄鸣荆棘。

蜉蝣玩三朝，采采修羽翼。

衣裳为谁施，俛仰自收拭。

生命几何时，慷慨各努力。

诗人写木槿花，写蟋蟀，写螳蜋，写蜉蝣，写它们淹留在大千世界里的声音和光色，给所有的生灵以警示——"生命几何时，慷慨各努力"。

一天、两天、三天，或者几小时，对于人类来说多么短暂，稍纵即逝，而对于蜉蝣，却是一生！

蜉蝣，俗名叫"一夜老"，也叫"夜夜老"，一夜之后产过卵生命就逝去。《淮南子》这样描述："蚕食而不饮，二十二日而化；蝉饮而不食，三十日而蜕；蜉蝣不食不饮，三日而死。"李时珍在《本草纲目》又增添了神来一笔："蜉蝣，水虫也，状似蚕蛾。朝生暮死。"

对于任何生命来说，朝生暮死都是一个太过残酷的词。

况且，蜉蝣是一种那么漂亮的小虫。它白衣胜雪，纤弱的身子上，一对薄如蝉翼的翅膀，两条长长的尾须使它的身姿愈发飘逸。当它飘舞在空中时，像轻云舒卷，似嫩柳拂水，让人怜香惜玉，情不自禁地喜欢。

蜉蝣尤其喜欢在日落时分成群飞舞。繁殖盛时，死后坠落满地，落英缤纷，颇让人有"满地黄花堆积，憔悴损，如今有谁堪摘"的不忍。这小东西的死，那般惊心动魄。

倏忽而来，仓促消逝。一个生命，于世间的旅程短暂到朝生暮死，生如夏花之绚烂，死如秋叶之静美。让同为自然生物的人类，顿生身世之感，感物伤怀。

兔死狐悲，物伤同类，这是最自然不过的事情。

在这样的背景下，再读《蜉蝣》一诗，内心就会不自觉地漫上深沉的忧伤。

蜉蝣之羽，衣裳楚楚。心之忧矣，于我归处？

蜉蝣之翼，采采衣服。心之忧矣，于我归息？

蜉蝣掘阅，麻衣如雪。心之忧矣，于我归说？

    首章中的"蜉蝣之羽"和二章中的"蜉蝣之翼"都是指蜉蝣的翅膀。但"羽"较"翼"更轻薄，且透着熠熠光泽，所以言之"衣裳楚楚"，楚楚动人，特别鲜明活泛的样子。"采采"，在《诗经》里常指繁密和茂盛，如"采采苤莒"，一说"采采"指华丽的衣饰（"采采，华饰也。"朱熹《诗集传》）。

    第三章"掘阅"简而言之说的是蜉蝣的穿越，此"穿越"非时空穿越，而是指蜉蝣的虫卵在泥土中演变成幼虫，再羽化成蜉蝣后，从泥土中穿穴而出。我想象着它"麻衣如雪"的样子：日落时分，蜉蝣在云霞里成群飞舞，白衣如雪、衣袂飘飘。场景分外惨烈。

    因为蜉蝣独特的生命特征，几千年来的文人骚客常常吟咏蜉蝣，抒发身世之叹：

张九龄《感怀》："嗟尔蜉蝣羽，薨薨亦何为？"

白居易《效陶潜体诗十六首》："长生无得者，举世如蜉蝣。"

苏轼《前赤壁赋》："寄蜉蝣于天地，渺沧海之一粟。"

《曹风》中这首古老的《蜉蝣》，像是叩击在心头最为沉重的音符，一字一顿，不知不觉已在江畔响彻了千余年。

二

说时势造英雄一点不假，每一种情怀的滋生一定有适合它生存繁衍的土壤，它在那里扎根发芽，枝繁叶茂。譬如阮籍，生不逢时造就了他性格及文采的特立独行。

正始年间，魏国内部发生了残酷血腥的权力斗争，司马氏大肆屠杀异己。在这政治的黑暗和恐怖之中，阮籍空有济世志，却无济世运。为逃避祸端，他故意放浪形骸，寄情于山水之中，并常常做出一些越礼骇俗之举，来表现他对黑暗政治的反抗和对虚伪礼法的蔑视。

天苍苍野茫茫，一辆孤独的马车，一条荒僻的野径，烈马旁若无人地狂奔，驾驭者的手中并无缰绳，而是始终满盈的酒杯。

这辆满带醉意的车子固执地前行着，它似乎不是为了赶赴某个目的地——但车轮终于停下，因为到了路的尽头。于是，驾驭者，一位诗人，放声大哭。

"穷途之哭"这个成语，说的就是阮籍的故事。

"天下多故，名士少有全者。"史学家们用这一句来总结他。在《蜉蝣》一诗里，有着何其相似的"巴山楚水凄凉地"。

曹，公元前十一世纪周分封的诸侯国，始封之君为周武王弟叔振铎，后为宋所灭。因国小邦危，无以自守，统治者沉酣宴乐，贵族人物虽锦衣玉食，仍不免感叹前途渺茫，人生短促，借故蜉蝣而发出哀歌。

诗歌表达了当时曹国子民"生如朝露，命如蜉蝣"的悲观心态。这样的心态，从《诗经》的枝枝梢梢、经经纬纬蔓延开来，影响了千秋百代人。人生苦短，岁月始长。自此，对人生和时光的思索，成为一个永不沉寂的话题。

再强大的人，观生望死时，也会顿时感到自身的脆弱和无力。

对于浩瀚的宇宙来说，一百年、一年、一天、一小时又有何区别？对于历史的洪流来说，一个人的生命好比蜉蝣，与朝生暮死何异？

但我们依然要在艰难的跋涉中实现自身的价值。让生命的每一时每一刻都心满意足，春暖花开。

三

> 它的恩赐只有一天，悲伤的一天，喜悦的一天。啊，让它生，让它舞，直到敲响暮钟，一天的光阴，那是它的宿命，黄昏的飞翔，才是它的天堂。

这是德国电影《樱花盛开》里女主人公杜莉最喜欢的诗句。杜莉迷恋日本文化，想和丈夫一起去游富士山。但噩耗突来，丈夫鲁迪已经身患癌症且救治无望，于是她默默地接受下这个残酷的事实，硬拖着这个病入膏肓的男人去旅行。她想为他生命的最后时光制造一些难忘的甜美回忆。不料途中杜莉在睡梦中突然去世。儿女们在忙着各自的事情。伤心的鲁迪决定独自完成妻子未偿的心愿，后来在一位年轻的传统舞者优的帮助下，在妻子向往的富士山下，他身披妻子的衣物，在想象中跟妻子相伴共舞。

他终于见着她了，在他生命的尽头。

他用了最短暂的时间，丰富了一生的记忆。

生命尽头的极丽之舞，刹那芳华已足够。

一日见苍穹，一夜是天堂。

朝生暮死。犹如，蜉蝣……

邶风·燕燕　　燕燕归去双泪垂

燕燕于飞，差(cī)池其羽。之子于归，远送于野。瞻望弗及，泣涕如雨。

燕燕于飞，颉(xié)之颃(háng)之。之子于归，远于将(jiāng)之。瞻望弗及，伫立以泣。

燕燕于飞，下上其音。之子于归，远送于南。瞻望弗及，实劳我心。

仲氏任只，其心塞(sè)渊。终温且惠，淑慎其身。先君之思，以勖(xù)寡人。

○今译：

燕子在天空之上，舒展着翅膀飞翔。你今天要远嫁，我相送到郊野的路旁。踮脚都看不见人影了，眼泪掉落好像下雨一样。

燕子在天空之上，翩跹着忽下忽上。你今天要远嫁，送你不嫌路长。踮脚都看不见人影了，我伫立着泪流满面。

燕子在天空之上，鸣叫的声音呢喃而低昂。你今天要远嫁，我相送远去南方。踮脚都看不见人影了，实在痛心悲伤。

小妹你诚信稳当，思虑切实深长。温和而又恭顺，为人谨慎善良。常常想到已经忘去的先人，叮咛响在我的耳旁。

"笙歌散尽游人去，始觉春空。垂下帘栊，双燕归来细雨中。"

相传燕子于春天社日北来，秋天社日南归。春天明媚灿烂，燕子娇小可爱。文人多愁善感，春天逝去，自会伤感无限。

如果这时恰逢离别，送别的又是心爱之人，那份情怀，只有"执手相看泪眼，竟无语凝噎"了。

《邶风·燕燕》描写的就是这种场景。这首诗是惜别诗的鼻祖，后世许多经典之作，多脱胎于此。

《诗经原始》《毛诗序》认为这首诗是卫庄姜送归妾的。卫庄公之妻庄姜无子，将庄公小妾戴妫之子完当作自己的儿子。完继位不久，就在叛乱中被杀，其母戴妫被遣返母家。庄姜与戴妫情谊深厚，送妾归，依依不舍，乃作伤别诗《燕燕》。辛弃疾有"看燕燕，送归妾"的词句。然而《燕燕》读起来，缠绵悱恻，妻送归妾与情理有悖。于是后人又生出许多演绎，有解释是送儿媳的，有解释是送女弟子的，还有人认为是送情人的。

现代人的认知，无疑更希望是情人间的送别。作者应当是一位年轻的卫君，他和宗族里的一个女子原是一对情侣，却终不能结合，如一对燕子不能比翼双飞。当她出嫁旁人时，他去送她，作此诗。

燕燕于飞，差池其羽。之子于归，远送于野。瞻望弗及，泣涕如雨。

阳春三月，万物芳华，诗人视而不见，只选取了最有意象的画面：燕子轻盈转影，雌雄颉颃，双栖双飞，呢喃鸣唱。美好的春光，开阔的原野，只在"燕燕于飞，差池其羽"两句中已然出神入化。

因了这两句，引后世诗人无限遐思：

薛道衡"暗牖悬蛛网，空梁落燕泥"，写寂寞。

晏几道"落花人独立，微雨燕双飞"，道惆怅。

晏殊"罗幕轻寒，燕子双飞去"，诉凄冷。

周德清"月儿初上鹅黄柳，燕子先归翡翠楼"，书失意。

张可久"花开望远行，玉减伤春事，东风草堂飞燕子"，叙留恋。

自此，"燕燕"成了一种伤心的痴情的鸟。多少情意，在燕子的翻飞中缠绵千年。

燕子去了，还会归来；伊人远去，春风不再。

"瞻望弗及，泣涕如雨。""瞻望弗及，伫立以泣。""瞻望弗及，实劳我心。"你的身影已然远去，我的泪水再也控制不住流了下来。

风中有朵雨做的云，曾经的满目芳华，徒留我一地残红。那隐隐约约的红呀，就像你绯红的嫁衣，刺痛我的眼，痛不可当。所以，泪流如注。

后世的送别诗都浸染了这片泪痕。

王实甫"晓来谁染霜林醉，总是离人泪"，泪有了色彩。王维"送君南浦泪如丝，君向东州使我悲"，泪有了形态。李白"巫峡啼猿数行泪，衡阳归雁几封书"，泪水情不自禁。王勃"无为在歧路，儿女共沾巾"，泪水欲止还流。

燕燕的离别，实属政治上的情不得已。"仲氏任只，其心塞渊。终温且惠，淑慎其身。先君之思，以勖寡人。"诗歌虽然没有明讲不得不分离的原因，但既然诗歌扯到了先君、寡人，一定是一种政治责任，迫使他不得不无奈地放下。

人生的悲哀莫过于此。她近在眼前，你却不能与她牵手；她终将离去，你又不能伴随她左右。

所以，我们只有学会承受。

听到这样一个故事：一对相恋五年的恋人，男孩子要出国了，承诺在国外安定后就把女孩子也带走。女孩子明知这一别就是缘尽，还是强颜欢笑和男孩子三天三夜不离须臾，直至把男孩子送上飞机。然后，她换了城市，换了手机号，永远消失。

有人说也许他们会有将来，有人认为女孩子不值得这样做。但我欣赏故事中的女孩子。有些人，终将相忘于江湖。纵然，曾经爱过，纵然，曾经伤痛。

燕子来时人送客，不堪离别泪沾衣。如今为客秋风里，更向人家送燕归。

有多少爱在岁月里漂流，我无法留你在心头。有多少离别惹恼春风无限恨，我只在春风里看燕燕，送人归。

邶风·绿衣　　你去时一切是你

绿兮衣兮，绿衣黄里。心之忧矣，曷^{hé}维其已。

绿兮衣兮，绿衣黄裳^{cháng}。心之忧矣，曷维其亡。

绿兮丝兮，女所治^{rǔ}兮。我思古人，俾^{bǐ}无讹^{yóu}兮。

绤^{chī}兮绤^{xì}兮，凄其以风。我思古人，实获我心。

〇今译：

　　拿起那件绿衣裳，绿色面子黄里子。心忧伤啊无人讲，此情绵绵终难已。

　　拿起那件绿衣裳，绿色上衣黄下裳。手抚旧衣黯神伤，此情悠悠终难忘。

　　绿丝线啊绿丝线，是你亲手缝制成。思念亡故的贤妻，让我谨慎不越礼。

　　细葛粗葛密密缝，凄凄冷风钻衣裳。思念亡故的贤妻，实在体贴我的心。

一

睹物思人。你在时你是一切，你去时一切是你。何况，这是你亲手为我缝制，我贴身穿过的绿衣。

还记得那些夜晚，夜雨敲窗，一灯如豆，你坐在灯光里，捋着丝线，一针一线地把衣服缝合起来。你乌黑的眸子，油亮的缕缕青丝，仿佛跃动着羽衣霓裳的青春；你十指如葱，挑动着五彩丝线，仿佛挑动着琴瑟和谐的华年。

你的美丽，我的心知，照亮了相伴的每个夜晚。

今夜的我，又一次手捧绿衣，让思念在绿衣的丝缕中纠缠。无月的天空，灯光明明灭灭，我在这里想你，你在哪里？

你在哪里？

三千年来，对这个"你"，众说纷纭。

古人说，"你"是薄情寡义的负心郎，叫卫庄公，宠幸嬖妾，妻子庄姜伤己失位，唱起哀怨的歌谣；

现代人说，"你"是情深意笃的伴侣，不幸亡故，男子为你奏出悼亡曲；

也有人说，"你"是尊尊卑卑的圣人之礼，面对礼崩乐坏，贤者发出惋惜的一声感叹。

横看成峰侧成岭。其实，没有谁对谁错。现代人更愿意相信这是悼亡词，是因为我们更渴望温暖，渴望那些生生死死的爱情。

有时爱一首诗，是因为爱上诗里的爱情。

二

别人穿的是粗布褐衣，而你却用一双巧手，采桑缫丝，织绢染绸，为我做了这身华美的衣服。黄色的上衣雍容典雅，绿色的内衣和裤子华丽鲜亮。你说，要让我成为世界上最高贵的男子，最英俊的郎君。你亲手把衣服穿在我的身上，而我，珍视你这般盛意，只在重要的节日才穿上它。因为我知道，锦衣上的千针万线，都是你细细密密的情分。我珍惜它们，怕让尘土浊秽弄脏它，玷污了这份感情。

我如此珍藏着这件衣服，如同珍爱我们的爱情。绿衣陈放在案头，投射在襟袖上的光亮，每一点、每一处折痕，都让我触到你的气息，我看见了你丹凤的眼，你柳叶的眉，你桃红的笑意。

一起厮守数光阴的时候，我并不知道与你生离的感受，就像我们在欢乐的时候，亦不会知道这样的痛苦正蹑步蛇行。我不知道，一别竟是永诀。

夜冷清，独饮千言万语。灯欲尽，深锁千愁万绪。

我曾告诉自己，你去了，再不能回来了，来麻木我的伤心。可在我触目所及，门里门外，满满都是你。衣上针线诗里字，密密麻麻，影影迹迹。

凛冽的寒风里，我身着单薄的粗布衣服，瑟瑟发抖。没有你，再为我做黄衣绿裳，没有人，再给我冬日暖阳。我情愿受尽寒苦，祭奠我们的爱情。

三

悼念故人，最是睹物思人，那些物品上，深深地烙下昔年的印记。作为悼亡诗的鼻祖，《绿衣》对后世产生了巨大影响。晋代著名美男潘安，为人趋炎附势，对妻子却情真意笃，写有《悼亡诗》三首，我们选取几句，可知其睹物思人的手法，深受《绿衣》影响：

> 望庐思其人，入室想所历。
> 帏屏无仿佛，翰墨有余迹。
> 流芳未及歇，遗挂犹在壁。
> 怅恍如或存，回惶忡惊惕。

这是三首诗中最精彩的部分，写法和《绿衣》如出一辙。

诗人睹物思人，触景生情，心中有说不出的悲哀和痛苦。看到住宅，想起亡妻，音容笑貌宛在眼前；进入房间，忆起与爱妻共同生活的美好经历。可是，罗帐、屏风之间，却再也见不到爱妻的形影。见到的只是墙上悬挂的亡妻的笔墨遗迹，婉媚依旧，余香未歇。眼前的情景，使诗人的神志恍恍惚惚，好像爱妻还活着。忽然想起她离开人世，心中不免有几分惊惧。

贺铸的《鹧鸪天》同样触人心弦：

> 重过阊门万事非，同来何事不同归？梧桐半死清霜后，头白鸳鸯失伴飞。原上草，露初晞，旧栖新垅两依依。空床卧听南窗雨，谁复挑灯夜补衣。

诗人直接把悼亡之情落脚到"夜补衣"上。回忆妻子挑灯补衣的温馨场面，仿佛昨日，却又已散如云烟。笔下凄楚哀婉，恰似梧桐夜雨，直滴到天明。诗句中贫贱夫妻患难与共的真情荡气回肠，让人潸然落泪。

明代归有光的散文名篇《项脊轩志》中亦有一段关于亡妻的描写："庭有枇杷树，吾妻死之年所手植也，今已亭亭如盖矣。"悲伤感怀之情溢于言表。从这些诗文中间，都或多或少地读到了《绿衣》的影子。

嘉祐八年（1063 年），和苏轼共同生活十一年，年仅二十七岁的妻子王弗，撒下苏轼和不满七岁的儿子苏迈，撒手西去。他们夫妻二人，自婚后一直恩爱和睦，伉俪情深，无奈天命无常。相夫教子、温柔体贴的发妻，忽然间阴阳暌隔，在苏轼心头留下难以磨灭的伤痛。

十年后，在亡妻的忌日，一个孤寂冷落的夜晚，于梦中苏轼依稀见到了久别的妻子，相顾无言，凄厉断肠。往事蓦然劈开心扉，久蓄的情感潜流，冲破心之闸门，奔腾澎湃难以遏止。悲不自胜的他，提笔写下一首哀婉凄绝的悼亡诗《江城子·记梦》：

十年生死两茫茫。不思量，自难忘。千里孤坟，无处话凄凉。纵使相逢应不识，尘满面，鬓如霜。

夜来幽梦忽还乡。小轩窗，正梳妆。相顾无言，惟有泪千行。料得年年断肠处，明月夜，短松冈。

那是故乡的夜晚，月光如水水如天，他又看到了雕花的小轩窗下，对镜理妆容的妻。他趋步上前，想和久别的她倾诉衷肠，说说别后的日子，诉诉经年的思恋。可那一刻啊，万语千言如鲠在喉，他的心坎，乱石穿空，惊涛拍岸，唯有泪二行，莫不能言。

上穷碧落下黄泉，两处茫茫皆不见。曾经相濡以沫，如今却隔着冰冷的坟茔，他牵不到她伸过来的，记忆里温暖的十指。这般凄楚，抹煞了生死界线，其"情不知所起，一往而深，生者可以死，死可以生"的意境，格外打动人心。

想来，诗词中任何一番让人产生的联想，对于往事来说，都足以伤筋动骨。

因为，愈是希望，愈是揪心疼痛，这疼痛给人带来的，是震撼，是清醒。让人不由地想起叶芝的那句动人的诗句："可是，我最亲爱的，请你用大地般的身体把我抱紧，从你离开之后，我荒芜的思想已寒至骨髓。"

每个人都不能走出他自己的故事，记忆的每一次缝补都会遭遇穿刺的疼痛。

我们命中注定要失去深爱之人，后来才知道，他们在我们生命中有着怎样重要的地位。

所以，让我们好好珍惜身边的人，过好三餐四季，走过往后余生，珍惜在一起的欢欣喜乐，现世安稳。

因为你不知道，意外和明天哪一个会率先到来。

豳风·东山　　日暮乡关何处

我徂东山，慆慆不归；我来自东，零雨其蒙。我东曰归，我心西悲。制彼裳衣，勿士行枚。蜎蜎者蠋，烝在桑野；敦彼独宿，亦在车下。

我徂东山，慆慆不归；我来自东，零雨其蒙。果臝之实，亦施于宇。伊威在室，蟏蛸在户。町畽鹿场，熠燿宵行；不可畏也，伊可怀也。

我徂东山，慆慆不归；我来自东，零雨其蒙。鹳鸣于垤，妇叹于室。洒扫穹窒，我征聿至。有敦瓜苦，烝在栗薪；自我不见，于今三年！

我徂东山，慆慆不归；我来自东，零雨其蒙。仓庚于飞，熠燿其羽。之子于归，皇驳其马。亲结其缡，九十其仪；其新孔嘉，其旧如之何？

○今译：

自我远征到东山，回家的愿望久已成空。如今我从东山回家来，天上正飘落蒙蒙的细雨。才说要从东山回去，心系着西方我的家乡无限感伤。家常衣服我赶着做了一件，不再穿着有着军人标志的军衣。军人就像爬行的野蚕，田野桑林是它的栖身地。我独自将身缩成一团，每夜在战车底下躺一躺。

自我远征到东山，回家的愿望久已成空。如今我从东山回家来，天上正飘落蒙蒙的细雨。蔓延的栝楼藤上结了瓜，那藤蔓爬到了屋檐下。屋内潮湿生地虱，蜘蛛结网也挂在门框上。田地里野鹿随便来出入，磷火闪闪夜间流。其实家园荒凉并不可怕，越是如此越想赶紧回家。

自我远征到东山，回家的愿望久已成空。如今我从东山回家来，天上正飘落蒙蒙的细雨。白鹳丘上轻叫唤，我妻屋里把气叹。洒扫房舍塞鼠洞，盼我早早回家转。团团葫芦剖成两半，摞上柴堆没人管。旧物置闲我不见，算来到如今已整整三年。

自我远征到东山，回家的愿望久已成空。如今我从东山回家来，天上正飘落蒙蒙的细雨。黄莺在空中展翅飞翔，阳光下它的羽毛闪闪发亮。这姑娘今日出嫁做新娘，迎亲的骏马白里透黄好漂亮。母亲为女儿结上鲜艳的佩巾，婚仪繁缛多过场。新婚甫提有多美好啊，久别重逢的夫妇该如何欢畅。

"黯然销魂者，唯别而已矣。"那么，生离死别之后，劫后余生，忽然还乡，该是怎样一种心情呢？

"我徂东山，慆慆不归；我来自东，零雨其蒙。"这是一位追随周公东征的战士，他的家在哪里？既然是豳风，我们姑且设想他的家在陕西豳地吧。我查阅一番，豳地在西安的西北，现在叫彬县。这里的战士打仗到河南、山东，在当时交通条件特别不发达的情况下，确实是远征了。何况一去就是多年！慆慆，就是很久的意思。

这样一位远征在外、长期不归的战士，终于得胜归来，乃是万分喜悦的吧。周师得胜回朝，这一份功勋里有他的一份功劳。告别战争，他可以回家和家人团聚，安居乐业，怎不是一份欣喜？

这只是常人的猜测，因为我们没有经历那样一场旷日持久而又惨烈无比的战争。

经历过生死的人，他们看重的恐怕已不是生命本身，而是生命承载的内涵。比如亲情，比如爱情。

且看《东山》，胜利归来的喜悦，也许是有的，但掩盖不住的是酸楚、忧虑、思念和忐忑。

所以，诗歌设置的环境是"我来自东，零雨其蒙"。这样的蒙蒙细雨，仿佛在轻诉如许的心事。

酸楚。"我东曰归，我心西悲。"长期的隐忍，终于熬到了尽头。

"制彼裳衣，勿士行枚。"脱下军服，换件新衣服穿吧，让一切都结束。

士，同"事"，行枚：行军时衔在口中以保证不出声的竹棍。征人想起多年的征战生涯，仍然心有余悸。

离家那么久的人，几次在梦里回故乡，山高水长阻归程。现在，走在熟悉的小路上，家乡一步步近了，亲人一步步近了，为什么思绪却难平？是近乡情怯，抑或还有别的，那是一种深刻的空洞，渴望有一种情绪尽快将它填满。王夫之说"以乐景写哀，以哀景写乐，一倍增其哀乐"，看来，诗人非常洞悉这样的心理战术。

而又逢阴雨绵绵，王照圆《诗说》里讲："盖行者思家，唯雨雪之际，最难忘怀。"风雨如晦，心事也沾染潮湿，怎么也轻快不起来。

"蜎蜎者蠋，烝在桑野；敦彼独宿，亦在车下。"写自己就像一只野蚕，蜷在树上，团在车下，过着辛勤劳苦的日子。诗人写出了自己三年征战的辛苦。

三年征尘，三年艰辛，在此一笔带过，更多的沉默之后，感伤如潮。

汉代乐府民歌中有一首《十五从军征》，涌动着征人近乎相似的心曲：

十五从军征，八十始得归。

道逢乡里人：家中有阿谁？

遥望是君家，松柏冢累累。

兔从狗窦入，雉从梁上飞。

中庭生旅谷，井上生旅葵。

舂谷持作饭，采葵持作羹。

羹饭一时熟，不知贻阿谁。

出门东向望，泪落沾我衣。

繁复的兵役使得那个兵荒马乱的时代充满了小人物的心酸和无奈。没有马革裹尸，却也垂垂而暮。诗中这般真实、深刻的揭露，令人感愤，催人泣下。

　　比起《十五从军征》的征夫来，《东山》的作者应该是比较幸运的一个。这不，三年战争结束了，他脱下沉重的铠甲，换上妻子之前亲手为他缝制的布衣，风尘仆仆、疲惫不堪的他就要回家了。"我东曰归，我心西悲"，这一句写出征人悲喜交加的心情，才说要从东山归，"我"心忧伤早西飞。向西向西，义无反顾，因为那是家的方向。

　　此刻，诗人的心中积聚更多的忧虑。忧虑遥远的那个村落，那个院子、那间小屋，那个能留住心的地方，家。

　　他的家，现在是什么样子？他不知道，却不能不想。

　　果蠃，葫芦科植物。葫芦的蔓儿应该已经爬到了屋顶，伊威和蠨蛸则在家中出现，白天是群鹿活动的时间，到了晚上，萤火虫一闪一闪地在飞。战士想象着没有男人来料理的家，藤蔓爬墙，野鹿出没，虱虫遍地，蛛网横结。

　　战争、离乱、时光，这些真是世上最残酷的东西。诗歌巧妙而生动地通过征人的幻觉，入木三分地勾画出征人近乡情怯的怀疑和恐惧心理，进一步表现了他对故乡、对妻子的一往情深，爱之炽烈。同时，透过这诸多幻象，这破败的家园，凋敝的村落可以看出连年征战对百姓们生活带来的极大破坏。

　　但，即便这样破落荒凉，也是征人朝思暮想的家乡！

　　蹚过战争这条河流，看惯了断壁残垣，他更深刻地体会到：没有什么比家，还有家里的那个人更让人依恋和思念。

想到家，思念如潮水袭来。他不知道思念的那个人是否也在盼归？鹳站在小土堆上向着远方嘶鸣，他仿佛看到妻子独自一人在屋里深深叹息。

这里以禽鸟的呼朋唤友来喻示妻子之苦，农活家务她都没有心思去做，只把屋子打扫干净，填平坑洞，等着丈夫归来。

"有敦瓜苦，烝在栗薪。"女主人公看到当时结婚时的器物，不禁勾起对丈夫深深的思念之情。同时也反映出他们是新婚不久就被迫分开的，更加突现诗的悲剧色彩。

此时此景，与杜甫的《月夜》一脉相承：

今夜鄜州月，闺中只独看。

遥怜小儿女，未解忆长安。

香雾云鬟湿，清辉玉臂寒。

何时倚虚幌，双照泪痕干。

另外还有题材相似的杜甫的《新婚别》。人说杜甫的现实主义风格源自《诗经》，不无道理。

是"千里远结婚，悠悠隔山陂"？不是，相隔的何止山陂！相隔的其实是生与死的距离，是战争与和平的距离，是千军万马的征途。

是"悔教夫婿觅封侯"？不是，我们从来没有想要荣华富贵。只想守着自己的一亩三分地，只想有着夫安妻贤、儿女绕膝的最简单的幸福。

但就是这样简单的幸福都求之不易。

诗人禁不住地忐忑。离家的时候，还是新婚燕尔。"仓庚于飞，熠燿其羽"，黄莺在阳光下熠动着闪闪的辉光，在这样的美好日子里，"之子于归，皇驳其马"，我骑着骏马把你迎娶过来。"亲结其缡，九十其仪"，母亲为你结好佩巾，经过那么多繁杂的礼仪，终于拜堂成亲了。"其新孔嘉，其旧如之何？"那时的你是那样的美丽，现在的你又是什么样子？

诗歌在诗人对三年前迎娶新嫁娘的回忆中推向高潮，多甜蜜，可这些都早已成了往事，还能见到妻子吗？久别胜新婚，那情形又是怎么个样子呢？想到此，归心似箭，喊出一句"其新孔嘉，其旧如之何？"戛然而止，撼动人心，回味无穷。

这一喊，是诗人真实感情更深刻的流露。

《东山》是一首艺术价值很高的诗。有人说，《豳风》共七篇，篇幅最长的是《七月》，风趣幽默的是《伐柯》，冷眼旁观的是《狼跋》，殷勤致语的是《九罭》，庆幸大难不死的是《破斧》，而情感抒发最真挚动人、篇章结构井然有序的则是《东山》。

真正的经典，无一例外都有着穿越时空的魅力。

这首由返乡征夫所唱出来的苍凉的歌谣，被我们每一个人浇注进自己的生命里，让我们在这条民歌的河流里看见时间，也看到自己的身影，感受历史，更感受生命。

鄘风·载驰　　战争没让女人走开

载驰载驱，归唁卫侯。驱马悠悠，言至于漕。大夫跋涉，我心则忧。

既不我嘉，不能旋反。视尔不臧，我思不远。既不我嘉，不能旋济。视尔不臧，我思不閟。

陟彼阿丘，言采其蝱。女子善怀，亦各有行。许人尤之，众稺且狂。

我行其野，芃芃其麦。控于大邦，谁因谁极。大夫君子，无我有尤。百尔所思，不如我所之。

○今译：

　　车马疾驰快奔走，回国吊唁我卫侯。马行归途路悠悠，行旅匆匆到漕邑。大夫跋涉来追赶，我心哀伤又忧愁。

　　没人赞成我赴卫，要我返回万不能。你们想法都不好，不是我思不深远。没人赞成我回卫，想要阻止也不能。你们想法都不好，不是我思不谨慎。

　　登上高高的山冈，采集贝母解愁肠。女子多愁又善感，各人心里有主张。许国大夫责怪我，实在幼稚且张狂。

我在郊野忙行驶，麦子繁盛又茂密。前往大国去求援，依靠谁来帮我忙。许国大夫君子们，不要再把我责备。你们纵有百般计，也不如我亲自去。

一

豫剧大师常香玉老师的代表剧目《花木兰》中，机敏神勇的女主角形象特别深入人心，让天下女子一展蛾眉。"谁说女子不如男"一句，在浑厚的常派唱腔里，铿锵有力，掷地有声，一抒千百年来女子们的强烈心声。

其实早在春秋时代，就出现了这样的女中豪杰、巾帼英雄，她就是许穆夫人。

许穆夫人，姬姓，卫公子顽和卫国著名"淫后"宣姜的女儿。这个奇特的女子，在卫国历史上，中国历史上，乃至世界历史上都是一枝惊艳，她是我国第一个杰出的爱国主义女诗人，也是世界上最早的一位女诗人。她的创作时间比曾被柏拉图誉为"第十位文艺女神"的古希腊女诗人萨福还要早二三十年。

《诗经》里有不少女子的作品，但直至现在，可确认作者的诗，《载驰》是唯一的一篇。《左传》明确指出此诗作者就是许穆夫人。《泉水》《竹竿》或许也是许穆夫人的佳作，书写了她对故土壮丽山河的眷念和内心的忧虑。

怎能不让她忧虑呢？只因卫懿公是一位很古怪的国王。"玩物丧志"这一成语，说的就是卫懿公。他爱好养鹤爱到无以复加的地步，不仅在宫廷中供养成群的白鹤，甚至还荒唐地封了好多"鹤娘娘""鹤将军"，还变本加厉地向百姓征收"鹤捐"，不问民生，不理朝政。这样的国君只能让百姓怨声载道，以致卫国国力衰败，每况愈下。

公元前 660 年，北狄乘虚而入，卫懿公也曾亲自披挂上阵，可手下的将士们都不愿为他卖命，说国君您不是给鹤封了禄位吗，让您的"鹤将军"去领兵打仗吧，我们不禄不爵的，哪里有杀敌本事呢？

军心涣散，焉有抗敌之力，卫懿公被凶悍的北狄人杀死。

国君死了，国已不国了。后来还是在许穆夫人的姐夫宋桓公的帮助下，卫国的残兵败将以及流散臣民集体逃难到南岸的漕邑，拥立许穆夫人的弟弟戴公为王。一年后，戴公死，另一个弟弟文公被推举为王。许穆夫人闻知此消息后，毅然驾车奔卫，慰问文公，以共赴国难。但她的这一举动却遭到一群许国大夫的阻挠。义愤填膺的许穆夫人，写下这首流传千古的爱国诗篇《载驰》，痛斥了许国那些鼠目寸光的平庸权贵。

二

许穆夫人在《载驰》中的思想和作为，并不是一时的头脑发热，感情冲动。拯救宗国的未来，正是烈性女子的全部心事。少女时代的她，在择偶问题上已经有深远考虑，从长计议将来如何报效祖国。

当年，正值二八芳龄的许穆夫人桃之夭夭，绝代风华，吸引了许国和齐国都前来求婚。她一门心思想嫁到齐国去，并不是为了钓什么金龟婿，而是认为与大国联姻是一种政治交易，她要用自己的婚姻做筹码，为卫国赢得更大的利益。

当时的历史背景，许国国力薄弱，离卫国路途遥遥，一旦卫国受到攻击，许国自身难保，不可能有力量前来救援。而齐国国富民强，又和卫国毗邻，如果她嫁到齐国，背靠大树好乘凉，若卫国遇到什么危难，便可以及时得到齐国救助。

不得不说，许穆夫人具有远见卓识和非凡的政治头脑，分析问题尖锐透彻。如果按照她的构想，她应该能嫁给赫赫有名的春秋五霸之一的齐桓公，那样的话历史的车轮可能就会有不一样的轨迹。

可惜，天不遂愿，她的父兄缺乏远见，自掘坟墓，被许国的重礼打动，还是把她嫁给了许国国君许穆公为妻。妇从夫姓，许穆夫人的称呼由此而来。

错过一念，就错过一世。

后面发生的战事，一定让她的父兄的肠子都悔青了。子曰："人无远虑，必有近忧。"

我的兄弟死了，我的国家正在遭受敌人的蹂躏。我怎能袖手旁观？怀抱这个强烈信念的许穆夫人出发了。她要拯救国家于水火。

三

"载驰载驱，归唁卫侯。驱马悠悠，言至于漕。"

诗的发端，气势宏伟，一个奔驰国难、英姿飒爽的女子形象如在目前。夫人归心似箭。

但凡女子回娘家，一定是做插翅欲飞状，何况是这样的十万火急。

一切正应了她当年的预见，许国弱小，不堪依靠。许穆公怕引火烧身，不但不派兵援助卫国，还打着《周礼》这个漂亮的幌子（女子出嫁后，如果父母已经去世，自己不能亲自回娘家），派一群许国大夫在后面驾车追赶，阻止夫人回去。于是，一介柔弱女子和一群五尺男子的言行心态，在诗中纤毫毕现：

"既不我嘉，不能旋反。视尔不臧，我思不远。"

"尔"，指许国大夫；"我"，许穆夫人自指。一边是许国大夫的劝阻和责难，一边是许穆夫人的耿耿坚持。不是有这样一句俗语吗：宁舍家财万贯，不舍娘家后代。许穆夫人爱娘家兄弟后人，爱祖国江山万里，愿为它赴汤蹈火，在所不惜。所以她更加憎恶对她不予理解、又不给支持的许国大夫，以及幕后畏惧强权、懦弱虚伪的丈夫。

爱憎鲜明，悲愤欲绝。《载驰》这首诗，充分印证了诗言志和愤怒出诗人这两句话。《诗》，其实是另一种历史记载。

"女子善怀，亦各有行。"身为女子，多愁善感不是错，关心生她养她的宗国的安危哪里又有错？

"许人尤之，众稚且狂。"你们许国人非但不帮助，不同情，还阻挠与责难，这只能说明你们的愚昧、幼稚和狂妄。

此一章咄咄逼人，真真照应了那句"谁说女子不如男"！

许国的一群大夫面对强势的许穆夫人，黔驴技穷，终于让步。

第四章"我行其野，芃芃其麦"，说明时值暮春，麦草青青，长势正旺。

"为什么我的眼里常含泪水？因为我对这土地爱得深沉。"此刻，诗人行进在故土的原野之上，望着麦浪滚滚，心潮澎湃。

所谓"控于大邦"，指向齐国求救，请求援兵。

"大夫君子，无我有尤。百尔所思，不如我所之。"这几句似诗人内心独白，又似义正词严的庄严宣告。这是英雄儿女的高远心志。简洁精当，戛然而止。

之后的故事是：卫文公采纳了妹妹的意见向齐国求救。齐桓公惊闻此诗，感慨于许穆夫人的深明大义、胸臆才情，冲冠一怒为红颜，派公子无亏率车三百乘，甲士三千人协戍漕邑，使卫国避免了一场灭顶之灾。后来，文公在齐国的资助下，励精图治，使卫享国四百年。

春秋乱世，孱弱的卫国夹缝中求生存，成为最后灭亡的周代封国。历史如此厚待卫国，许穆夫人应该是第一功臣。

我国的传统文化一贯崇尚男主外女主内，战争让女人走开。但也有女子，国难当头之际，没有明哲保身，没有空悲切，没有前怕狼后怕虎，而是义无反顾，挺身而出。

许穆夫人的爱国和果敢，在历史上留下了浓墨重彩的一笔。

不无讽刺的是，在那个特殊的时代，关于她，历史记住的只是"许穆夫人"这个唯一的名字。让我们铭记这个名字，铭记这位女诗人留给我们的这首荡气回肠的豪迈之作。

小雅·采薇　　我的哀痛无人懂

采薇采薇，薇亦作止。曰归曰归，岁亦莫止。靡
室靡家，猃狁之故。不遑启居，猃狁之故。

采薇采薇，薇亦柔止。曰归曰归，心亦忧止。忧
心烈烈，载饥载渴。我戍未定，靡使归聘。

采薇采薇，薇亦刚止。曰归曰归，岁亦阳止。王
事靡盬，不遑启处。忧心孔疚，我行不来。

彼尔维何？维常之华。彼路斯何？君子之车。戎
车既驾，四牡业业。岂敢定居，一月三捷。

驾彼四牡。四牧骙骙，君子所依，小人所腓。四
牡翼翼，象弭鱼服。岂不日戒，猃狁孔棘。

昔我往矣，杨柳依依；今我来思，雨雪霏霏。行
道迟迟，载渴载饥。我心伤悲，莫知我哀！

○今译：

采薇采薇一把把，薇菜新芽已长大。说回家呀道回家，眼看一年又完啦。有家等于没有家，为跟猃狁去厮杀。没有空闲来坐下，为跟猃狁来厮杀。

采薇采薇一把把，薇菜柔嫩初发芽。说回家呀道回家，心里忧闷多牵挂。满腔愁绪火辣辣，又饥又渴真苦煞。驻地调动难定下，书信托谁捎回家。

采薇采薇一把把，薇菜已老发枝杈。说回家呀道回家，转眼十月又到啦。王室差事没个罢，想要休息没闲暇。满怀忧愁太痛苦，生怕从此不回家。

什么花儿开得盛？棠棣花开密层层。什么车儿高又大？高大战车将军乘。驾起兵车要出战，四匹壮马齐奔腾。边地怎敢图安居？一月要争几回胜。

驾起四匹大公马，马儿雄骏高又大。将军威武倚车立，兵士掩护也靠它。四匹马儿多齐整，鱼皮箭袋雕弓挂。哪有一天不戒备，军情紧急不卸甲。

回想当初出征时，杨柳依依随风吹；如今回来路途中，大雪纷纷满天飞。道路泥泞难行走，又渴又饥真劳累。满心伤感满腔悲。我的哀痛无人懂！

一

古往今来，描写战争的作品可谓汗牛充栋。

这些作品，有的描写胜利者的喜悦，像毛泽东的《长征》："更喜岷山千秋雪，三军过后尽开颜。"

有的表现战士的豪迈，像李白的《从军行》："百战沙场碎铁衣，城南已合数重围。突营射杀呼延将，独领残兵千骑归。"

还有表现战争带给人民痛苦的，如杜甫的《三吏》《三别》。

《诗经》中写战争的诗篇也很多，直接和间接描写战争的超过了三分之一。如《秦风·无衣》《小雅·六月》《小雅·出车》《小雅·采芑》《大雅·江汉》《大雅·常武》等。《诗经》中描写战争，基本没有具体的战争场面，并且大多描写了战争给士兵带来的痛楚，即使是正义的战争，也不回避久战的士兵盼归思亲的心情。后世的诗歌，更多的是歌颂正义，或反映战争给人民带来的灾难，很少有表现士兵心理的。所以读《诗经》，往往能读到士兵们的心声。

二

薇是一个有诗意的字眼，女孩子爱以薇为名，但薇其实是一种野菜。虽然现在野菜是一种奢侈品，端上了高档酒店的餐桌，但很久以前，野菜只是粮食的必要替代品。春天野菜遍地的时节，人们撷取充饥，以便熬过青黄不接时的艰难时日。

《采薇》里，前线的战士们都断了粮食，采薇充饥，可见战斗艰苦到什么程度。

采薇，一采就是一年。"薇亦作止""薇亦柔止""薇亦刚止"，薇从破土发芽，到幼苗柔嫩，再到茎叶老硬，薇带着时光的影子，垂垂老去。战士们守土有责，还在无休止地作战。

"曰归曰归"，不是早就说要回家吗？但"岁亦莫止""岁亦阳止"，岁初而暮，物换星移，战士们如何能不"忧心烈烈"！

令人心忧的，还在于"靡室靡家""载饥载渴"。在前线，没有家的温馨，没有亲人的温暖，居无定所，食不果腹，日子飘忽不定，生命随时可能凋落。这样的环境，家就是戍边战士唯一的渴望！

诗歌在描述战争艰苦、漫长的时候，也交代了戍役难归的原因：猃狁之故。

历史上，中原地区长期受北方游牧民族侵袭的困扰，比较有名、比较持续的是匈奴和突厥。猃狁就是匈奴的前身。以《采薇》算起，至东汉南匈奴内附，匈奴为患长达千年。

战争虽然艰苦，但士兵们打仗却很用心。再加上是正义之师，军容整齐，士马威武。

彼尔维何？维常之华。彼路斯何？君子之车。戎车既驾，四牡业业。岂敢定居，一月三捷。

驾彼四牡。四牡骙骙，君子所依，小人所腓。四牡翼翼，象弭鱼服。岂不日戒，猃狁孔棘。

战士们行军作战，不仅有艰辛，有抱怨，也有不辱使命、舍我其谁的担当。有长剑在手、喋血夕阳的豪情。

"戎车既驾，四牡业业。岂敢定居，一月三捷。"威武的军容、高昂的士气、频频的胜利，让人壮志凌云。

"驾彼四牡，四牡骙骙。君子所依，小人所腓。"将帅指挥得当，士卒冲锋陷阵。"四牡翼翼，象弭鱼服。"战马强壮而训练有素，武器精良而战无不胜。将士们天天严阵以待，只因为猃狁实在猖狂，"岂不日戒，猃狁孔棘。"既反映了当时边关的形势，又再次说明了久戍难归的原因。

从全诗表现的矛盾情感看，这位戍卒既恋家也识大局，似乎不乏"国家兴亡、匹夫有责"的责任担当。

三

昔我往矣，杨柳依依；今我来思，雨雪霏霏。行道迟迟，载渴载饥。我心伤悲，莫知我哀！

一条路，从春走到冬。春天，从这条路，告别家乡，离别亲人。那时，清风拂面，杨柳摇曳，依依惜别。

还记得执手相看泪眼的承诺，待我长发及腰，郎君归来可好？

冬天，又踏上这条路，家是一盏灯，远远地在召唤。只是，雨雪交加，步履艰辛。物已非，人安否？

在漫天的飞雪中,在孤独的行走中,往事可堪回首?

王国维说,一切景语皆情语。"昔我往矣,杨柳依依;今我来思,雨雪霏霏。"十六个字,大约就是最好的注脚。"而今识尽愁滋味,欲说还休,欲说还休,却道天凉好个秋。"一切遭遇,一切艰辛,无限孤独、无限凄苦,无法言说,只在这"雨雪霏霏"四字之中。

晋朝时期,谢安与子侄们聚会,问他们《毛诗》中最精彩的句子。谢玄说是"昔我往矣,杨柳依依,今我来思,雨雪霏霏"。清王夫之《姜斋诗话》的"以乐景写哀,以哀景写乐,一倍增其哀乐",清刘熙载《艺概》的"雅人深致,正在借景言情",都是对"昔我"十六字的高度赞誉。

这就是名句!读起来言浅易懂,细思量回味无穷。

"昔我"十六字,对后世也产生了巨大影响。

"昔往""今来"对举的句式,屡为诗人追摹,如曹植的"始出严霜结,今来白露晞",颜延之的"昔辞秋未素,今也岁载华",等等。

自《采薇》后,杨柳便成为离别诗中常具象征性的意象了。

"杨柳枝,芳菲节,可恨年年赠离别。"后世人送别亲朋好友,以折柳枝相赠来表达依依惜别之情。

"垂柳万条丝,春来织别离,行人攀折处,闺妾断肠时。"无人知晓,杨柳的万条柔丝,折下了多少离情,又编织了多少别绪。

参差烟树灞陵桥，风物尽前朝。衰杨古柳，几经攀折，憔悴楚宫腰。

夕阳闲淡秋光老，离思满蘅皋。一曲阳关，断肠声尽。独自凭兰桡。

这是柳永的一曲《少年游》，借灞桥暮色、衰杨古柳、夕阳残照，将羁愁与伤感的双重惆怅进行了强烈的渲染，字字跳荡着浪迹异乡、沦落不遇的愤懑。

《西厢记·长亭送别》中有"柳丝长，玉骢难系"的曲词，依依柳丝虽是相思所托，但也无法系住张生的马缰。

在诗词里，雨雪常和凄苦做伴。"帘外雪初飘，翠幄香凝火未消。独坐夜寒人欲倦，迢迢，梦断更残倍寂寥。"思乡，还是思人，都在这纷纷扬扬的雪里了。

读着《采薇》的末章，莫名地，眼前跳出马致远的《秋思》。虽然季节不同，意象不同，心境有异，但表现手法相近，都是一样撩动羁旅行役者的那根心弦：

枯藤老树昏鸦。

小桥流水人家。

古道西风瘦马。

夕阳西下，断肠人在天涯。

是的，断肠人在天涯，断肠人想回家。

邶风·击鼓　　执子之手，与子偕老

击鼓其镗(tāng)，踊跃用兵。土国城漕，我独南行。

从孙子仲，平陈与宋。不我以归，忧心有忡。

爰(yuán)居爰处？爰丧其马？于以求之？于林之下。

死生契阔，与子成说。执子之手，与子偕老。

于嗟阔兮，不我活兮。于嗟洵兮，不我信兮。

○今译：

军营战鼓咚咚咚，士兵踊跃齐练武。修路筑墙防敌寇，我独从军向南行。

跟随统帅孙子仲，陈宋战乱得平定。常驻边塞难还家，忧心忡忡心不宁。

何处可停何处歇，战马丢失无处寻。一路追踪处处寻，丛林深处大树旁。

一同生死不分离，这是当初的约定。真想紧握你的手，白头偕老伴一生。

如今你我相距远，未得机会重相见。可叹离分太久长，难守誓言痛肝肠。

一

很多人喜欢张爱玲的小说《倾城之恋》。上海的白家小姐白流苏，经历了一次失败的婚姻，看尽世态炎凉。后来她偶然认识了潇洒多金的单身汉范柳原，便拿自己当作赌注，远赴香港，博取范柳原的爱情。但两人并没有以真心相见。就在范柳原即将离开白流苏时，日军开始轰炸香港，生死攸关时刻，两人发现，对方才是自己真正要找的人，在一片废墟中他们许下天长地久的诺言。

锤炼爱情的，是战争。《击鼓》如是。

不同的是，也许一开始他们就是相爱的，因为他们是夫妻。但这种爱情受到了战争的考验。

古代击鼓作战，鸣金收兵，看过《三国演义》的都印象深刻，《曹刿论战》中也有"一鼓作气，再而衰，三而竭"的句子。现在，国家击鼓开战了。对手是哪个国家？诗中没有告诉我们，我们也不好无端猜测。但这不重要，重要的是，征夫们又要开赴前线了。他们有的在加固城墙，有的被派到南方战场。垒墙挖壕固然劳顿，但还能够经常见到亲人。出国打仗的，经年不回，命悬一线，更是凄苦。

我们的主人公很不幸，属于后一种，被挑选出来，跟随名叫"孙子仲"的将军出国作战了。"我独南行"点明诗人被指派南行征伐，不能探亲和回乡。

这场战争与陈国和宋国有关，但是去"平定"两个国家，还是去"调停"两个国家，后人一直存在争议。我们且不管他。

反正战争艰苦而漫长，久不能归，让主人公忧心忡忡。

那是一场生死未卜的赴会。虽然我不想离开你的视线，但是，我无法摆脱那场死亡的盛宴。

哪里是居住的地方？哪里是栖身的地方？战争是流动的，主人公无以为家。更可悲的是，他忠实的伴侣，最重要的马匹，也不知道丢失到哪里去了。主人公四处寻找，找到树林里的时候，也许是累了，也许是感到茫然，于是找个地方休息一会儿。历尽苦难，历历往事在心头涌现，最想念的，莫过于家，还有家里的亲人。

人类的情感总是这样脆弱，在最困顿的时候，急切渴盼的，即是亲情的抚慰。一千年之后，流离于成都郊外的杜甫，有着相通的境遇和感怀：

国破山河在，城春草木深。

感时花溅泪，恨别鸟惊心。

烽火连三月，家书抵万金。

白头搔更短，浑欲不胜簪。

读这首《春望》，不能不为诗人忧国、伤时、念家、悲己的情感，以及他对亲人深切的思念之情触动。国家动乱不安，战火经年不息，百姓妻离子散，音书不通，这时候收到家书是多么不容易的事情。

寥寥数语，把战争给人民带来的巨大痛苦和人们在动乱时期想早日知悉亲人平安与否的迫切心情，揭示得丝缕毕现。同时，诗歌也表现出诗人对国家面临的困境的深深忧虑，这番"沉郁顿挫"真的让人沉郁顿挫了去，无限忧愤在此中。

而此刻联系《邶风·击鼓》来说，忽然觉得，《邶风·击鼓》绝对算得上一封"抵万金"的家书。

主人公情不自禁回忆起和心爱的人山盟海誓的情形。千古名句，就在这个时候呼之欲出。所谓诗以言志，诗以抒怀，斯如是。

死生契阔，与子成说。执子之手，与子偕老。

契，相聚；阔，分离。死生契阔，犹言生离死别。说，誓言。子，指那个心爱的人。

触景生情，让我们仿佛看见当年他们夫妻新婚时的情景。他曾经紧握着她的手，对她许下誓言："从今日起，不论祸福，贵贱，疾病还是健康，都爱你，珍视你，永不言悔。"无论生老病死，他们永远在一起，他们会彼此相爱、白头到老。可是今天，他和她真的分离了，他怕他不能够活着回到她的身旁；他们相隔如此遥远，他不能够实现自己的诺言了。

于嗟阔兮，不我活兮。于嗟洵兮，不我信兮。

这两句诗，是对现实的感叹。"活"同"佸"，相见的意思。感叹相亲相爱的两个人，现在离得那么远，不能执手，无法坚守当初的誓言。

"执子之手，与子偕老。"这是天长地久的誓言，平凡无华，却又感人至深，催人泪下。千百年来，斗转星移，沧海桑田，多少语汇老去，这个词依然焕发着让人怦然心动的生命力。这个男子以人最本能的思念，对战争进行了无言的控诉，深深打动了人们的心弦。这爱情的盟誓，已经成为千百年来恋人们和夫妻间永久的追求与不变的情怀。

因为战争，相爱的人不能相守，怎不让人心痛如割、心乱如麻？

二

我们向往轰轰烈烈，杰克和萝丝，泰坦尼克号沉没的前夜，真情迸发，刻骨铭心。我们享受罗曼蒂克，月上柳梢头，人约黄昏后，鲜花咖啡，卿卿我我，极尽缠绵柔情。

男人们更喜欢追求放荡不羁纵爱自由，唐伯虎的"酒醒只在花前坐，酒醉还来花下眠"，杜牧的"十年一觉扬州梦，赢得青楼薄幸名"，柳永的"且恁偎红翠，风流事、平生畅"，都为他们津津乐道。

但是，经常被我们忽略的，是那种平平淡淡、生死相依、白头到老的爱情。最伟大的爱情不是海誓山盟，甚至不需要多么曲折的故事，只是细水长流、坚定不移的陪伴。

我们常常感动于这样的场景——秋天的黄昏，秋风萧瑟，落叶铺满小道，一地金黄。一对老人踩着满地落叶，手牵着手，蹒跚而行。夕阳把他们的影子拉得很长很长，长得仿佛一生的岁月。在这个时候，你或许会明白爱情的真谛，长相厮守，不离不弃。

曾经在上海闵行区航新路一间房屋内，九十一岁的饶平如自妻子毛美棠病逝后，四年手绘十八本画册百余幅画，记述他们从初识到相守，再到生死分别的七十多年时光，有爱情的甜蜜，有平凡的生活，取名为《我俩的故事》，令世人动容。

是的，平民百姓的儿女情长，恩爱夫妻的蜜意深情，恐怕比起那些轰轰烈烈的爱情来，更能引起平常人和平常心强烈的共鸣。

执手之时，冷暖两心知；与之偕老，悲喜共余生。

图书在版编目（CIP）数据

少年与爱永不老去：《诗经》里的古老告白 / 夏葳
著. -- 南京：江苏凤凰文艺出版社，2022.1（2022.3加印）
ISBN 978-7-5594-6333-3

Ⅰ.①少… Ⅱ.①夏… Ⅲ.①《诗经》–文学研究
Ⅳ.①I207.22

中国版本图书馆CIP数据核字(2021)第207799号

少年与爱永不老去 :《诗经》里的古老告白

夏葳 著

总 策 划	马利敏	
策划编辑	孙文霞　陈艳芳	
责任编辑	周颖若	
特约编辑	武环静	
装帧设计	末末美书	
封面插画	苏　寒	
出版发行	江苏凤凰文艺出版社	
	南京市中央路 165 号，邮编：210009	
网　　址	http://www.jswenyi.com	
印　　刷	唐山富达印务有限公司	
开　　本	880 毫米 ×1230 毫米　1/32	
印　　张	10	
字　　数	206 千字	
版　　次	2022 年 1 月第 1 版	
印　　次	2022 年 3 月第 3 次印刷	
书　　号	ISBN 978-7-5594-6333-3	
定　　价	49.80 元	

江苏凤凰文艺版图书凡印刷、装订错误，可向出版社调换，联系电话025-83280257